相约在雨季

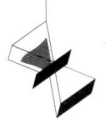

いま、
会いにゆきます

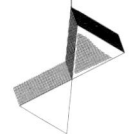

［日］市川拓司 著

林少华 译

图书在版编目（CIP）数据

相约在雨季 /（日）市川拓司著；林少华译 . —— 青岛 : 青岛出版社，2022.1

ISBN 978-7-5552-1782-4

Ⅰ . ①相… Ⅱ . ①市… ②林… Ⅲ . ①长篇小说—日本—现代 Ⅳ . ① I313.45

中国版本图书馆 CIP 数据核字（2021）第 149501 号

IMA, AI NI YUKIMASU
by Takuji ICHIKAWA
© 2003 Takuji ICHIKAWA
All rights reserved.
Original Japanese edition published by SHOGAKUKAN.
Chinese (in simplified characters) translation rights in China (excluding Hong Kong, Macao and Taiwan) arranged with SHOGAKUKAN through Shanghai Viz Communication Inc.

山东省版权局著作权合同登记号　图字：15-2006-085 号

书　　名	XIANGYUE ZAI YUJI 相约在雨季
著　　者	[日] 市川拓司
译　　者	林少华
出版发行	青岛出版社
社　　址	青岛市崂山区海尔路 182 号（266061）
本社网址	http://www.qdpub.com
邮购电话	0532-68068091
责任编辑	杨成舜　霍芳芳
封面设计	今亮後聲 HOPESOUND 2580590616@qq.com　欧阳倩文
照　　排	青岛佳文文化传播有限公司
印　　刷	青岛双星华信印刷有限公司
出版日期	2022 年 1 月第 1 版　2023 年 1 月第 2 次印刷
开　　本	32 开（889 mm×1194 mm）
印　　张	10
字　　数	160 千
印　　数	5001—9000
书　　号	ISBN 978-7-5552-1782-4
定　　价	45.00 元

编校印装质量、盗版监督服务电话　4006532017　0532-68068050
上架建议：日本 / 文学 / 畅销

译序

捡拾细小的快乐

林少华

市川拓司是日本以网络写手起家的畅销书作家，出版社希望我翻译他的畅销书《相约在雨季》（或译《现在去相会》）。说实话，我迟迟没有答应。毕竟太忙了，时间对于我成了稀有金属。在翻译方面，除了村上春树不太敢接受别人，但最后我还是应允下来。一是因为我的一位朋友说他在日本看同名电影时三次泪流满面。此君乃军人出身，军人不同于我等动辄感时伤怀的脆弱文人，流血容易流泪难。而他居然肯为一部由小说改编的电影流泪三次，无疑说明作品感人至深。二是因为此书取得了畅销一百余万册的不俗业绩。日本人绝对不全是傻瓜蛋，一百多万人买的书——看的人就大大超过一百万了——肯定有值得看的地方。

于是，我看了，看罢译了。也是因为对话多的关系，译得较快。快虽然快，但感动和思索久久留了下来。如一只快艇掠过湖面，艇倏然不见，而其划起的波纹却一圈圈无限扩展开去——这正是一本好书所应有的品格。

故事不很复杂。主人公"我"带一个六岁男孩儿一起生活。妻子名叫泠，一年前因病去世了。去世前说她将在下一个雨季到来的时候回来，回来看父子两人生活得好不好。难以置信的是，一年后一个下雨的日子泠果然回来了。回来的她全然失去记忆，不认得作为丈夫的"我"，不认得亲生儿子。"我"虽然知道回来的妻是"幽灵"，但仍像往日那样对待她，给她讲述过去两人相恋过程的点点滴滴和婚后生活的朝朝暮暮，泠因此渐渐找回了身份，找回了感觉，一如往日照料丈夫和孩子的生活：打扫房间，洗衣服，早早起来准备早餐，目送丈夫上班儿子上学，为丈夫和儿子理发。还一起去树林散步，一起看望往日的熟人。"我"于是再次开始恋爱——爱上了妻子的"幽灵"，甚至有了肌肤之亲。一家人如此相亲相爱地过了六个星期。六个星期后，雨季结束了，泠的轮廓逐渐模糊，最后幻化为雨珠，返回天上那颗名叫"Archive星"的未知星球。

小说以追忆和现实两条线交叉着缓缓推进，追忆占了主要篇幅。从高中三年同桌，到上大学后的第一次约会，再到泠毕业工作后赶去湖边小城同"我"一起看烟花和避雨……娓娓道来，波澜不惊，而又引人入胜。有个细节尤其撩人情思，两人第二次约会后在车站月台等车回家的时候，由于天气冷，泠为了取暖而不断往手上哈气，"我"见了，让她把手插进自己的衣袋，两人的手于是第一次碰在一起：

"那，插我的衣袋吧！"

你抬头看站在你旁边的我的脸，又收回视线，再次往手指上哈气。有几秒钟仿佛是犹豫的沉默，之后你说：

"那么，就打扰了。"

于是你把左手伸进我短大衣的口袋。我的右手已经在里面了，两人的手必然碰在一起。你的手的确很凉，细细小小的，孤单单的感触。我情不自禁地在衣袋中握紧你的手。你的手指像小动物似的动了一下，随即慢慢放松下来。

"这样子，我就成了捕食动物，把钻进自己窝里的小动物捕住了。"

这一细节确实很妙。别致，温馨，略带一股乡愁意味，而又刻骨铭心。无独有偶，泠当时送给"我"最初的礼物是一对针织护耳，以免"我"跑步时——"我"是学校八百米田径运动员——冻伤耳朵。作品便是通过这样的细节使得两人的交往充满了单纯而极有质感的暖意。不幸的是，后来"我"得了疑难病症，别说跑八百米，就连移动一百米都异常艰难。"我"只好从大学退学，在家附近的小超市打工。这期间"我"有意疏远泠，避免见面，见面也冷言冷语，最后连信也不回了，"我要一声不响地从你的人生离去，不动声色地，静静地，轻轻地，像朝阳的小水洼，就那样悄悄消失"。而泠却一往情深，主动追到"我"因病情好转而独自去的湖边小城。婚后，"我"在一家法律事务所找了一份极不起眼的工作，而泠总是对"我"说："真能干，了不起！"

我是天上飞的企鹅。由于她的引导，飞到了本来无法指望的高度。星星近了。从那里看去，地上所有的脏东西、丑东西和恼人的东西，都宛如地毯一般美丽。

这就是幸福。

是的，两人最在意的就是幸福，就是对方的幸福——"我使你幸福了么？"在"我"看来，自己未能使泠幸福。本来讲好一起去旅行，没能去；本来讲好再一起去看烟花，没能去。甚至一起看电影、一起从高楼上看夜景、一起喝葡萄酒这样极寻常的许诺都落空了。

泠在这小镇上结束了短暂的一生。原本可以奔赴无限广阔的世界，然而她心甘情愿和丈夫朝夕相守，不想离开这里，如获至宝地捡拾在别人看来微不足道的细小的快乐。

可是，泠感到幸福，随着雨季结束，她即将返回"Archive星"时一再告诉"我"，"在你身边很愉快———如果可能，真想永远在你身边""爱你，喜欢你，当你的妻子真好……"。

其实，即使以中国人的标准看来，两人的生活条件也是不高的。"我"送给泠的第一个生日礼物是镶在廉价框中自己用钢笔画的泠的背影，婚礼是仅有亲属参加的小型婚礼，婚后住的是简易公寓的小套间，连一起旅行和看电影这样再普通不过的娱乐都不曾有过，然而无论"我"还是泠都感到非常幸福，而且幸福得那么有说服力和感染力。小说后来被改编成电影、电视，引起轰动。电影、电视我没看过，只见到了小说腰封上的一个镜头："我"、泠和六岁的儿子一家三口在雨伞下笑得那般灿烂。那是一种真正从心底生出的笑容，因而能直达人的心底。泠真是漂亮，妩媚、现代而又娴静优雅。"我"则笑得带有几分憨态和羞赧。这样的笑容本身就是幸福的精确诠释。那么，与高档物质消费基本无缘的他和她为什么会那么幸福呢？

原因很简单：一是真诚相爱，丈夫爱着妻子，妻子爱着丈夫，时刻想着"我使对方幸福了么？"。同时夫妻又爱着孩子，希望孩子的人生"充满爱"，而孩子也爱爸爸妈妈。二是如获至宝地捡拾细小的快乐。得到廉价的钢笔画和针织护耳是快乐，在树林里发现四片叶的三叶草是快乐，在工厂旧址拾螺栓是快乐，吃自己做的盒饭是快乐，听妻子那句重复了至少一千遍的"早些回来"是快乐——正是这无数细小的快乐构成了生活本身，构成了爱（包括对万物的爱），构成了平实而巨大的幸福。

不妨说，这样的生活、爱和幸福是对无限追求物质消费的现代生活模式的质疑和颠覆，是对单纯、节制、简朴和古典主义的依恋和回归，是对爱和幸福的真正的拯救和重述。进入新世纪以来日本流行纯爱小说，如几年前片山恭一《在世界中心呼唤爱》销了三百多万册，搬上银幕后也轰动一时，这部《相约在雨季》二〇〇五年就已突破一百二十万册的销量。不管怎么说，一个国家、一个民族能有这么多人为单纯的爱所感动总是好事。这意味着一种社会认同，一种价值取向。而这对时下的我们未尝没有启示性。这也是我乐意把这本小说翻译过来的真正理由。

希望大家和我一起分享书中的感动，一起感受细小的快乐，一起思考单纯的爱、单纯的幸福，一起期待男女主人公再次"相约在雨季"。

目 录

译序
捡拾细小的快乐
01—06

一
001—004

二
005—027

三
028—033

四
034—052

五
053—063

六
064—081

七
082—096

八
097—098

九
099—107

十
108—132

十一
133—137

十二
138—149

十三
150—184

十四
185—191

十五 *192—195*	二十二 *240—247*
十六 *196—202*	二十三 *248—253*
十七 *203—207*	二十四 *254—260*
十八 *208—214*	二十五 *261—274*
十九 *215—218*	二十六 *275—277*
二十 *219—226*	二十七 *278—303*
二十一 *227—239*	尾声 *304—306*

一

泠死的时候，我这样想来着：制造我们这颗星的一个人，可能当时在宇宙的什么地方制造了另一颗星。

那是死去的人去的星。星的名字叫"Archive"①。

"Archvei？"佑司问。

不对，"Archive 星"。

"Archvei？"

Archive。

"Arch，"佑司稍微想了想，"vei？"

可以了。

那里像是一座庞大的图书馆，安安静静，整整齐齐，一尘不染。

---

① 档案，卷宗。可译为"档案星"。

反正地方极大,从建筑物中穿过的走廊一眼望不到头。

离开我们这颗星的人安详地生活在那里。不妨说,那像我们的心。

"怎么回事?"佑司问。

泠死的时候,亲戚们不都说了么,说妈妈活在佑司的心里。

"唔。"

所以,那颗星是所有活在全世界人们心里的人集中生活的地方。只要有人想着,那个人就能在那颗星上生活。

"要是把那个人忘了呢?"

噢,那一来,那个人就得离开那颗星。这回可就真要"再见"了。

最后那个夜晚,朋友们一齐赶来开欢送会。

"也吃蛋糕的?"

是啊,也吃蛋糕。

"也吃腌鲑鱼子?"

噢,还有腌鲑鱼子(佑司最喜欢腌鲑鱼子)。

"别的呢?⋯⋯"

什么都有,放心就是。

"嗳,那颗星星也有吉姆魔扣①?"

什么?

"我知道吉姆魔扣,就是'活在心里'的意思吧?"

噢——(昨晚给他念《吉姆魔扣火车探险记》来着),我想有的,大概。

"那,爱玛呢?爱玛也有?"

爱玛没有。有的只是人。

佑司"嗬"了一声。

有吉姆魔扣,也有莫莫②。有小红帽③,也有安妮·弗朗克④。希特勒和鲁道尔夫·赫斯⑤肯定也有的。

还有亚里士多德,有牛顿。

"都干什么呢?"

"干什么?都安安静静地生活呀!"

---

① 1974年日本播放的26集动画片。主人公是一个叫吉姆的少年,他手拿一个法力无边的魔扣,乘坐火车爱玛去寻找被魔鬼抢走的母亲。

② 德国儿童文学家恩德的小说及同名电影《莫莫》中的主人公名字,一个十岁左右的贫穷而善良的少女。

③ 格林童话《小红帽》的主人公,一个戴一顶好看的红帽子的小姑娘,在猎人的帮助下,战胜了佯装外婆的大灰狼。

④ 犹太少女。1947年出版的《安妮日记》描写了她和全家在德军占领下的阿姆斯特丹的住房阁楼中度过的艰苦生活。

⑤ Rudolf Hess(1894—1987),德国纳粹头子,希特勒的密友。曾协助撰写希特勒口授的《我的奋斗》。第二次世界大战后被判处无期徒刑,死于狱中。

"没别的?"

"别的,是啊,都还想点什么吧。"

"想?想什么?"

"比如想很难很难的事情。想出答案很花时间的。所以,去那颗星以后也一直想个没完。"

"妈妈也?"

"不,妈妈在想佑司。"

"真的?"

"真的。所以佑司也要一直不忘妈妈。"

"不忘的。"

不过,你还小,和妈妈只一起生活了五年。

"唔。"

"所以我要告诉你很多很多:妈妈是什么样的女孩啦,是怎么见到爸爸和爸爸结婚的啦,生下佑司是多么高兴啦……"

"呃。"

"希望你永远记住。只有你永远记住妈妈,爸爸去那颗星时才能见到妈妈。"

"明白?"

"哦?"

"啊,算了。"

二

"要上学了,准备好了?"

"哦?"

"上学准备!名签戴了?"

"啊?"

他耳朵怎么这么不好使呢?冷活着的时候还没这么严重,莫非精神因素?

"到时间了,走吧!"

我拉起开始返回半睡半醒状态的佑司的手走出家门,把他交给在楼下等他的登校班的班长,目送他离去。走在六年级班长旁边的佑司看上去简直是幼儿。作为六岁的小孩,长得实在太小了,就好像已把成长忘得一干二净。

从后面看,他的脖颈像仙鹤一样白白细细,从黄色帽子探出的头发颜色仿佛放进奶酪的大吉岭茶①。

---

① 位于印度东北部的大吉岭(Darjeeling)市郊产的红茶。

但不出几年，这英格兰王子般的头发也会变粗，变成一团团卷起的卷毛发。

那也是我走过的路。是思春期大量分泌的化学物质造成的。到了那个时候，佑司也会长大，很快超过我，并将遇上同他母亲相似的少女，谈恋爱。若进展顺利，势必产生一个带有自己一半基因的复制品。

自太古以来人们便是这样的（几乎所有生物都不例外）。只要这颗星球持续转动，这一行为就周而复始，无尽无休。

我骑上放在楼下的自行车，踩动踏板朝我工作的司法代书人事务所赶去。相距不到五分钟，对于不习惯坐车的我来说，距离正中下怀。

我已经在这家事务所工作了八年。

年头绝不算短。结婚，生子，妻已从这颗星去了另一颗星——八年时间足以发生这些事情。

实际也是如此，我成了抚养一个六岁儿子的单身父亲。

八年前所长就是老人，现在仍是老人，肯定直到死都是老人。不是老人的所长不是我能想象的。不晓得今年他多大岁数，但超过八十这点可以断定。

长相活像脖子上挂酒桶的大白熊犬。只是，所长挂的是双下颚的肉块。温和宽厚这点也像，总是眨巴的惺忪睡眼更像。

即使里边办公台那里坐的不是所长而是大白熊犬，没准我也不会察觉。

冷死的时候，本来就懦弱的我愈发懦弱了，连呼吸的力气都开始失去。

相当长一段时间里我把工作扔在一边，给研究所添了很大麻烦。尽管如此，所长仍没另外找人，而是等待我振作起来。即使现在也安排我四点就下班回家——我说我不愿意让放学回来的佑司一人孤零零的，所长答应了我的要求。工资固然相应少了，但得到了钱换不来的宝贵时间。

听说别的社区有"学童保育"①制度，但这里不存在那么乖觉的名堂。

所以，所长非常难能可贵。

到了事务所，我向先到的永濑寒暄："早上好！"

"早上好！"她也寒暄道。

我进事务所时她就已经在了。高中一毕业就进所了，现在该有二十六岁。

做事认真、低调，长相也同内在性格相似，看上去很

---

① 在节假日安排专人照顾因母亲等监护人不在而无人照顾的低年级儿童的制度。

老实。

有时我不由得担心,在善于表达自己意见的女孩当中,会有她站立的位置吗?

甚至这样猜想,在被人用臂肘捅和用脚踢的时间里,她迟早要从世界边缘跌落下去吧。

所长还没有来。

近来所长忽然上班晚了。我想不至于同走路速度变慢有关。

这样,好一会儿事务所只有两个人。所长来人就齐了。从工作量来说,人数也正合适。

我在自己桌前坐下,面对告示板贴的便笺一一过目。上面用极难辨认的字迹写着"两点去银行""找客户领文件"和"去法务局"等等,即昨天的我传给今天的我的发货单。

我记忆力差得很,总是把自己应做的事写下来留在这里。

记忆力差是我身上种种缺损之一。这就是说,用来制造我的设计图纸出了差错。

仅仅一处。

大概用修正液涂抹后再用圆珠笔写在上面这个做法有问题。当然这是打比方,不过实际上确有可能是这样的。

总之,不知是字少了笔画还是被涂掉的字又显露出来,我的脑袋乱了章法，某种至关重要的化学物质分泌严重失调。因此，我成了这样一个人：不是过度兴奋就是杞人忧天，抑或想忘的忘不掉而不该忘的却忘个精光。

焦头烂额！行动不便，筋疲力尽，工作漏洞百出，人们给的评价低得近乎不公。

也就是说，自己被视为无能之辈。我从不一一解释说是自己脑袋里的化学物质的关系。不但麻烦，还很难得到理解。何况若只看结果，确实那样。

所长为人十分宽容，就我这样的也没解雇，任用至今。永濑不动声色地帮我的忙。

非常值得感谢。

处理好所里的工作，我把文件塞进公文包出门，骑自行车向法务局赶去。

我没有汽车驾驶证。大学二年级时尝试了一回，但横竖没能越过考试那堵墙。

几个月前我才得知自己的脑髓有问题。"咔嚓"按上开关，阀门打开，而我的水准仪却一动不动，所以考驾驶证时我仍在很大程度上处于慌乱之中。或者更应对我熬到考证阶段的表现本身给予肯定亦未可知。

当天，我在教练员旁边的驾驶席坐下时，那种化学物质便已满满注入我的血液中，致使我格外不安，无法保持必要的注意力。不安如多米诺骨牌整片倾倒时那样一发不可收拾。

的确一发不可收拾,或许可以称为指数函数才是。

我差点儿死掉。真觉得可能死掉。

那段时间一天要么觉得几十次(现在有时都一天么觉得几次)。

这样,考试停止下来。后来同样考了两次,终归打消了考驾驶证的念头。

到了中午,我坐在公园长椅上,吃自己做的盒饭。生活拮据,该削减的东西统统削减。

况且,每次我吃便利店里的盒饭都必定坏肚子。是添加物的关系,别人不要紧,对我却是致命的。

我体内的感应功能是普通人的几十倍,对温度、湿度、气压的变化极为敏感,所以我戴的是附带气压传感器的手表,以便提前有所准备。

台风也非常可怕。

而普通人却不以为然,让我大为敬佩。有时觉得自己像是个因过于孱弱而濒临灭绝的小小的食草动物。

说不定《濒临动植物资料集》有我的姓名。下午我转了几家客户,然后返回事务所。

这时也必须带上便笺,每访问一户就打个"×",确认还剩几户没去。否则,同一客户有可能去两次,而该去的却过门不入,就那样返回事务所。

我把客户交付的文件递给永濑,处理完几桩事务,就到了我的下班时间。没看见所长。

我对永濑道声再见。刚要出门,永濑把我叫住:

"我说……"

"有事?"

我一问,她露出困窘的神色,拉了好几下自己衬衣的领口和袖口。

"啊,"她说,"没什么的。"

"唔。"我想了一秒,而后微微笑道,"再见!"

"再见!"

我跨上自行车赶回寓所,佑司正躺着看书。看书的封皮,是米切尔·恩德①的《莫莫》。

"看得懂?"我问。

"嗯?"佑司朝我转过脸。

"那本书,看得懂?"我又问了一句。

"看得懂啊。"他回答,"一点点儿。"

---

① Michael Ende(1929—1995),德国儿童文学家。除《莫莫》外,还著有《没完没了的故事》等。

"去买做晚饭的东西。"

我换上套头衫和牛仔裤,问佑司今晚想吃什么。

"咖喱饭。"

我们开门走出外面,我边下楼边说:

"咖喱饭前天可是吃了哟!"

"可我想吃。"

"而且,星期天也好像吃的是咖喱饭。"

"那是,可我就是想吃。"

"花时间的哟。"

"没关系。"

"噢。"

于是我们在站前的购物中心买咖喱、洋葱、胡萝卜和土豆。我左手提塑料袋,右手拉佑司的手。佑司的手总是汗津津的。

我这人特别好担心,走路时总拉着佑司的手不放。我对他说:

"车可不得了,一定要小心!"

"嗯。"

"每天都有好几十人因车祸死去。"

"是的吗?"

"是的。要是每天差不多有同样数量的人在电车①和飞机事故中死去,那么,那种交通工具肯定有关键性差错,该作废才对。"

"那,汽车不也没了?"

"不会没的。越来越多。"

"为什么?"

"为什么呢?……"

"想不明白啊。"

是想不明白。

回来路上,我们走进第十七号公园(这地方到底有多少公园呢? 我还见过第二十一号公园)。

一如往常,公园里有 Nombre② 老师和维尼。

Nombre 老师的真名我不晓得。听说从年轻时当小学老师那时候就开始被人这么叫了。刚听到的时候我这样问过他:

"Nombre,不是小说书页下面的号码吗?"

"是啊。"他答道。

他总是发抖,就好像被雨淋湿的小狗仔。岁数很大了,

---

① 指电气列车。
② 法语。页码,数目。

也许这个关系。

"因为什么成你名字了呢?"

他轻轻摇了下头,也可能仅仅发抖。

"因为什么呢?周围人大概是想说我的人生空虚吧——就像一本不管怎么翻动都是一页页白纸的书,上面只有页码罢了。"

是吗?我问道。他以老人特有的浑浊的泪眼盯视天空:"我活着只是为了我妹妹。"

长毛狮子狗维尼在他脚下打了个哈欠。

(狗倒是有"真名",是佑司随口取的名——维尼。)

妹妹和我差十三岁之多。两人之间有个弟弟,父母相继去世后,弟弟早早离家独立。家里只剩下妹妹和我两人。

妹妹自小体弱,当时的医生判断至多活到十五岁。

"判断"是什么意思呢?在旁边听着的佑司问。我找不到合适解释,回答说:

"就是和你想的一样。"

到底是那样的啊,佑司笑了。

肯定他还很想像别的来着。

弟弟离家时，妹妹十四，我二十七岁。我决定和妹妹一起生活，照料她到最后。我也到了一定年龄，也曾有一两个女性表示过好感。但我把妹妹放在首位，自己的事其次——如此自言自语让自己定下心来。实际上妹妹的病也花了不少钱。所以，就算同对自己有好感的人谈恋爱，成家也不可能。

如此一来二去，岁月以惊人的速度流逝了。速度的确快。以为只对我这么快来着，怀疑有个脑袋好使得不得了的人把我的时间抢了过去。总之时间转眼就过去了。

不错，我这本书上没什么可写的。在第一页写罢无可奉告的无聊男人的一天，往下只写"和右页相同"就可以了。

很难相信吧？这样的生活持续了三十年！

妹妹四十四岁死的。那时我差三年就六十了。

不过，有一点可以断言：我这人生绝不是"空虚"的。即使无可奉告的无聊男人的一生，内容也很充实，并非空空如也。

因为欢欣和感动——尽管微乎其微——也是有的。一天工作完回家，把那天发生的事讲给等我回家的妹妹听，怎么说呢，那是很开心的事。

那就是我的人生。

假如度过的是别的人生，在这里的想必是和我不同的另一个人。人是不能够选择人生的。

而且，Nombre 老师今天也在继续自己的人生，和老了的卷毛狮子狗维尼一起。

佑司一摸维尼的下巴，它就像往常那样发出莫名其妙的声音。较之声音，更像是空气的微颤。尽管如此，也自有其抑扬变化。

或者这么写"～？"如何？

Nombre 老师以前跟我说过，维尼过去的主人动手术把维尼的声音取掉了。

在公园里即便其他狗向它"汪汪"打招呼，它也只能还以"～？"。它本身看上去倒好像不怎么介意。

"今天晚饭吃咖喱？"Nombre 老师看着购物袋说。

"是的。您呢？"

"我吃这个。"

他举起的塑料袋里边装的是一盒油炸西太公鱼。

"卖剩下的，半价，难得。"

他把鼻子凑近塑料袋闻了闻味,闭上眼睛,一副高兴的样子。

"这也是一个小小的幸福。"

而我看见 Nombre 老师那显得高兴的神情,不知何故,感到一阵伤感。

为什么我不知道,反正我很伤感。

因为 Nombre 老师的幸福过于俭朴?迎来人生尾声的他的手中本该有更多的果实才对。

所以?

我和 Nombre 老师一边望着互相厮闹的佑司和维尼,一边坐在长椅上东拉西扯。我把近来自己心中悄悄加温的计划坦率地告诉了他:

"说实话,我想写小说。"

Nombre 老师从所坐位置移开,拉开距离,像要把我整个身姿纳入视野似的眯细眼睛,而后静静举起双手:

"太好了,实在太好了!"

"真那么认为?"

"认为。小说是心灵的食粮,是照亮黑暗的灯光,是胜过爱情的欢乐。"

"不是那么了不得的东西。只是我和泠的故事,为了迟早给佑司看。"

"好，我看很好，她是个非常出色的女性。"

"是啊。"

佑司搂着维尼的脖子做出咬它耳朵的样子。维尼看上去真不高兴了，不断地"～？""～？"。

"或许有病的关系，我的记忆力一塌糊涂。"我继续道，"所以，想趁彻底忘掉之前存留下来，把我俩的事。"

Nombre 老师微微点头。

"忘记是让人伤心的事。我也忘记了很多很多事情。所谓记忆，就是重新活回那一瞬间，在脑袋里。"说着，Nombre 老师指了指自己的头，似乎要用颤抖的手指往自己的太阳穴写什么语句。

"失去记忆，就意味不可能再次活回那些日日夜夜了，就像人生本身从指缝间淌掉一样。"老师几次为自己的话点头，继续道，"所以，写下来是件好事。想必内容比我这本书充实得多（说到这里，老师灵巧地闭起一只眼睛）。因为，人们说的二十世纪最好一部小说，其实也是从梳理幼年记忆开始的。"

不久，老师慢慢站起，过程非常吃力，简直就像唯独他脚下的地球引力多一倍似的。

"好了，该回去了，小小的幸福在等着我。"

Nombre 老师以小幅步伐缓缓走开。回过神的维尼跑去老师那里,跟在后头。

"再见,老师。"

老师依然以背影对着我扬起右手,离去了。

"再见,维尼!"佑司说了一句。

维尼停下来,回头表示"~?",随即追赶走在前面的老师。

晚上睡前我给佑司讲了"Archive 星"。我把一个个具体数据叠积起来,赋予这颗星以现实性。佑司每问一次,这颗星便增加一次存在的重量。

"嗳,这颗星什么形状?"

由于这个提问,这颗星的外观得以呈现出来。

我在折叠广告的背面,用签字笔画出星的形状。便是这样的感觉:

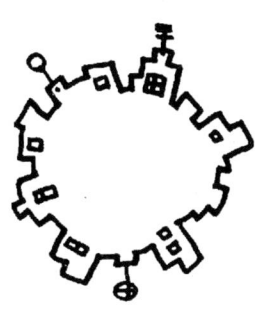

"星的表面全是图书馆样的建筑物。"

"没有山没有海?"

"没有。山削平了,用山土填平河川与大海。再弄得平整整的,在上面建楼。"

"为什么?"

"因为住在那颗星上面的人实在太多了,地方浪费不得。"

"真的?"

"你想想看,爸爸心中住很多人——地球上已经没了的人——那些人全都在'Archive 星'上生活。"

"唔,上次也说了。"

"这么着,所有住在地球上的人的心中的人加起来有多少呢?"

"呃,不知道。"想一想嘛!

"假如一个人心中住十个人,'Archive 星'上面就有六百多亿人。"(除掉重复的,会少一些,但向佑司解释这个,他肯定理解不了。)

"六百亿是多少?"

"这个么,比如你们学校里从一年级到六年级有一千人左右。早上集合的时候看见了吧?"

"看见了。"

"那么,那样的学校——等等(用手指数零)——对了,六千万个那样的学校集中起来。"

"六千万是多少?"

(理所当然的提问。)

"噢——,是啊,家里电视机上面的塑料瓶里装满一元硬币,是吧?"

"嗯,攒好久了。"

"是的,那一元硬币应该有一千枚,那么六千万嘛,就是装在六万个塑料瓶的一元硬币的数量。"

"那,六万是多少呢?"

(问得好!)

"噢,六万么,唔——,这个嘛——,啊,爸爸和你常去图书馆吧?"

"常去。"

"听说那里的书一共有六万本。"

"那里的书一共?"

"嗯。"

"那就是六万……"

佑司在旁边褥子上思考了很久很久。由于太久了,以为他睡了过去,不料却小声问我:

"巧君?"(佑司这么称呼我。)

"什么?"

"问件事可好?"

"问好了。"

"嗳,"佑司问了,"最先问你的是什么来着?"

"那个?"

"嗯。"

"爸爸也忘了。"

"真的?"

"该睡了。"

"睡吧。"

还有一个晚上,佑司问我"'那个人'为什么制造那颗星?",使得'Archive星'有了存在的理由。

"爸爸说那颗星的建筑物像图书馆,说了吧?"

"说了。"

"实际上那颗星就是图书馆。"

"是的吗?"

"是的。制造'Archive星'的'那个人'最喜欢图书馆,所以住在那颗星上的人都为'那个人'写书。上次也说了,说大家都在想,亚里士多德也好牛顿也好都一直在想很难的问题。"

"说来着?"

"嗯,说了。无论牛顿还是柏拉图,那些人去了'Archive星'以后也一直在想在地球上怎么想也想不出答案的问题。只要地球人记得他,他就可以一直想下去。"

"唔。"

"一想出答案来就写书，写出的书就藏进'Archive 星'的图书馆。"

"妈妈的书呢？"

"妈妈也写书，写你和爸爸。"

"写出的书'那个人'看吗？"

"看的。'那个人'顶喜欢看书，因为可以了解人们的爱。"

"是的吗？"

"是的。"

"吉姆·魔扣写什么呢？"

"怕是写火车吧。"

"那，小红帽妹妹呢？"

"写狼，我想。"

"真的？"

"真的。写小红帽妹妹怎么识别外婆和狼的书，一种实用书。"

"是的吗？"

"是的吧。"

每到周末，我们就去郊区的树林。

长满枹栎、柞树、野茉莉叶子的绿色摇篮里，狐狸、黄鼠狼以及更小的啮齿类动物和小昆虫们幸福地生活着。树林四周散落的不大的沼泽里有石鲋鱼、湖草鱼、小嘴鲤鱼，它们一边满意地打量着自己的家园，一边优雅地舒展着鳍片。

树林里有好几条小路，像迷宫一样纵横交错。小路的入口处孤零零立着一座酿酒厂。用旧木材和白铁皮建造的这座工厂已开始成为树林的一部分。墙上爬满常青藤，房顶被伸出来的大柞树枝遮住了。工厂发出"咕，咕，咻"那样的声响，像在低声呻吟。

我穿一条褪色的短裤、套一件写有"KSC"（肯尼迪宇航中心之略，别人送的）的T恤跑步。像过去那样是不可能了，但能够以六分钟跑一公里的速度连续跑一小时。佑司骑儿童自行车在后面跟着。刚刚摆脱辅助轮，骑得摇摇晃晃，很容易出危险。

铺满落叶的小路有时有树根探出，有时还横着折断的树枝。我倒是轻轻一跳就跨过障碍，但佑司每次都要下车推过去，还对着我的背喊：

"巧君，等等，别把我扔下。"

我放慢速度等他。

"怎么可能扔下你不管呢！"

"那倒是。"

"好了，走吧。"

于是两人重新加快朝树林赶去。

沿着仿佛一笔划出来的几条小路跑了四十多分钟，我们来到树林对面。那里是几家什么工厂的旧址，地面到处是裸露的钢筋混凝土，还有安过庞大机械的基座。空旷的石灰岩平地上，一座建筑物孤零零剩在那里。基本崩塌了，却有一扇门留了下来。

还有信箱（斜歪着）。便是这样的感觉：

至于是五号工厂还是五号仓库，我当然不晓得，对面墙壁整个不翼而飞。

佑司总是在这里捡螺栓、螺帽、铆钉和螺旋弹簧什么的（偶尔还捡过链轮，那就靠运气了）。

我坐在残留的台基上看他捡东西。以前泠也在这里来着。

佑司大约从两岁时开始做这项活动，从未间断。尽管如此，螺栓、螺帽、铆钉和螺旋弹簧什么的还是接连出现。真是不可思议，这些小零件总在这里。

每次佑司都把满满一衣袋零件带回，在公寓对面空地上挖坑埋上。估计数量已相当不少了。肯定距空地表面三十厘米左右的地方埋满了螺栓、螺帽、铆钉和螺旋弹簧。

我好像看见了有一天某人挖出时的神情。

我问佑司：

"问一下可以吗？"

"问什么？"

"你为什么这样做呢？"

他像看脑袋十分不好使的人那样看我。

"那还用说，"他说，"因为有意思嘛！"

唔。

事情发生在泠去"Archive 星"之前的一星期（这样的说法里面好像有一种让人欣慰的东西）。

她这样说道——

我马上就要离开这里了，到了下一个雨季，我一定回来亲眼看看你俩是怎样生活的。

（那天也下着六月的冷雨。）

所以，在那之前有件事求你，那时佑司该上小学了，一定要好好送他上学，早上好好给他吃饭，看他忘带东西没有。

"能做到?"

"能做到。"我说。

"真能?我回来的时候,要是做不到,我可不答应。"

(随后她微微笑了笑,笑得十分轻微,几乎看不出来。)

"对你放心不下啊。"泠说。

"不要紧的。"我说,"我会坚强起来,当一个好父亲,放心好了!"

"真的?"

"真的。"

"一言为定。"

"好。"

我坚强起来了吗?

我成为好父亲了吗?

雨季马上来临。

六月的星期日。

今天我们也跳进新一天。

三

"佑司,早饭好了。"

"啊?"

"快吃吧!"

"哦?"

我把一件T恤套进还穿一件裤头揉眼睛的佑司脑袋。

"吃饭,吃饭了!"

"嗯。"

"书包检查了,东西没忘?"

"嗯,没有。"

可是天天必有东西忘下。

"巧君?"

"什么?"

"又是煎鸡蛋和维也纳香肠?"

"不错。有营养,又好吃。"

"可天天一个样。"

"那又怎么?"

"怎么也不怎么。"

"赶快赶快,就剩八分钟了。"

"真的?"

"不骗你。"

"嗳,巧君?"

"嗯?"

"这T恤沾上番茄酱了。"

"别管它,就当是花纹好了。"

"花纹?"

"这段时间没洗衣服,没换的了。另一件沾了酱油汁,还有一件黏糊糊沾着咖喱。"

"哇!"

"你要是利利索索吃饭就好了。"

"那好,就穿这件吧。"

从外面转回来被雨淋了。这个月第一场雨。回到事务所,永濑拿毛巾给我擦肩和背。

"西装。"永濑说。

"嗯?"

永濑看上去对自己说出口的话感到非常困窘,不断地拉着自己衬衫的领口和袖口。

"你要说什么?"

"这个——"她说,"可能会留下痕迹。"

"啊,很可能。"

但她还是一副沉不住气的样子。

我微微一笑,仿佛在说:"怎么?"她摇了摇头,像是表示没什么。

我把文件递给她,道声"再见"。

她把文件抱在怀里,悄声自语似的说了句"辛苦了"。

所长在自己桌上很惬意地睡着。

傍晚,两人撑伞去买东西。

"今晚吃什么?"

"咖喱饭。"

"千篇一律。"

"千篇一律什么意思?"

"就是缺乏独创性。"

"那又指什么?"

"比如咱们家的食谱。"

"是的吗?"

"是的。"

"那怎么办?"

"向以前从未做过的食谱挑战怎么样?"

"哇，好哇！"

"来个新风。"

"新花样？"

"过去一位美国总统说的话。现在是他儿子当总统。"

"是的吗？"

"正是。"

于是，我们各自拿出意见，决定今晚来一个从未上过我家餐桌的肉馅白菜卷。在购物中心分头买好材料，意气风发地折身回家。"新风、新风！"佑司反复地说个不停。

一如往常，十七号公园有 Nombre 老师的身影。他撑一把黑伞，观看如花边一般围着水池的绣球花。维尼讨厌下雨，钻进长椅底下。

"Nombre 老师！"

听得我招呼，老师朝我这边淡淡一笑。

"看绣球花？"

"真是美啊！花因为有人看才想开得美丽，一心一意，别无顾虑。"老师继续说道，"绣球花原本是海边植物，或许因为这个才这么恋水。"

说不定老师在追逐一次也不曾亲热过的女子的面影。这和恋爱大概没什么区别吧？即使几十年都见不到甚至有可能已不在这颗星球的对象，人也还是要念念不忘的。

虽然不可思议，但的确如此。

"小说可有进展？"老师问。

"早着呢。一旦要动笔，就觉得很难，尽管想写的东西多得不得了。"

"等待就是，等待时机成熟。"

"时机？"

"嗯，满满一肚子话总要淌出来——就是那时候。"

"会那样的吗？"

"总会到来的，早早晚晚。"

佑司蹲下跟长椅下的维尼说话。维尼默默听着。侧耳倾听，佑司这样说了一句：

"喂，可知道什么叫新风？"

回到家，一边让佑司帮忙一边看着食谱书做肉馅白菜卷。书上说这是"失败可能性最小的一种菜"。

然而，我们失败了。

"嗳？"

"什么？"

"肉馅白菜卷就这个味？"

"不，我想不是的。"

"那……"

"嗯？"

"难吃得要命。"

"爸爸同感。"

而后沉默了五秒钟。

"我嘛,"

"呃。"

"有一点发现。"

"发现?"

"买的时候就好像错了。"

"错了什么?"

"我买的大概不是白菜,是生菜。"

"唔。"

又沉默五秒钟。

"对不起。"

"哪里,没关系,别介意。爸爸也成问题,只管做了,没觉察出来。"

"是吗?"

"嗯。"

一次在报纸上看到一条报道,说英国小孩三个人中有一个分不出什么是白菜什么是生菜。我家这英格兰王子好像也该列入三人中的那一个。

而且,我怕也差不多。

四

得知邻镇电影院上映《莫莫》。那是一座放映艺术片的小型电影院,平时只重新上映名作,这个月好像安排了米切尔·恩德特集。

这个星期上映《莫莫》,下星期预定上映《没完没了的故事》。

佑司说想看《莫莫》。

"爸爸不能进电影院你知道吧?"
"知道。"
"所以,想看只能你一个人看,不要紧的?"
"不要紧。"
"那么,星期六去吧。"
"好!巧君,谢谢!"
"不用谢。"

星期六电影开映前一个小时我们离开寓所。我骑上班用的自行车，佑司骑儿童自行车沿着横穿田园地带的路快速行驶。到邻镇至多十公里，完全来得及。

我不能坐公共汽车和电车。

坐上后在感觉关门提速那一瞬间，脑袋里便有开关按上，阀门打开，水准仪寿终正寝。

坐什么车都一样。游乐园的小火车也好旅游景区的天鹅形游艇也好都不例外。所以，公共汽车和电车更是如此，单轨和缆车（因为在高处）就不用说了。我猜想，飞机简直不得了，至于潜水艇，彻底要人命。

一想象都害怕的，是被关进全然动弹不得的小驾驶舱，在屁股下面点火冲上宇宙的情景。

因此，乘坐斯普特尼克①绕地球旋转的莱卡狗库特莉亚芙卡是我心目中的英雄。我只要有它的一点点勇气就谢天谢地。

总之走投无路。纵使在我所背负的所有制约之中这也是排在前面的。以致我既不能到月亮上去，又无法潜入马里亚纳海沟。

万分遗憾。

---

① 人造卫星的名字。

开映前五分钟来到电影院。因为顶风，比预想的花时间。佑司闷头拼命踩踏板，但还是比原定到达时间晚了许多。

我把从家里带来的三明治递给佑司，还在自动售货机那里给他买了可乐。本想在电影开映前两人一起吃，但没时间了。

我在窗口买了一张儿童票。

"好了，好好受用去吧！"

看样子佑司对安排突然变更有些不安。我从钱夹里拿出几枚硬币，放进佑司的裤袋。

"如果光吃三明治吃不饱，用来买爆米花好了。炸面圈也行，喜欢什么买什么。"

"嗯。"

可是佑司只管在胸前抱着装有三明治的盒饭和可乐罐，不肯离去。

通知上映开始的铃声响了。佑司一下子转过脖子，眼望入场的门口。而后重新转身看我的脸。

"进去吧，开始了。"

我把手放在佑司肩上催他。随即把票递给女验票员，推佑司的背。他回头看我两次，之后消失在场内。

若能一起进场就好了。

可我没办法进电影院。

音乐会也去不成,别人的婚礼也参加不了。原因和不能坐电梯或不能爬高楼多少有所不同。

我自己都觉得实在莫名其妙,可我有时偏偏受制于一种强烈的冲动。

我有个怪毛病,在有很多人的地方,如果出现所有人都必须沉默的状况,我就很想大声喊叫。这点任何人都会多多少少感觉到,问题恐怕在于程度。

"喂,那衬衫怎么回事?!""混账东西,就差一点点了!"——便是想说这种没多大意思的话。总之,那时蹿上头顶的话语要找出口给我添麻烦。往下便是同一模式:困惑按下开关,阀门打开,水准仪失灵。

近来倒是不怎么因此感到不便了,而上大学时相当狼狈。

上课时间里,"哇,这个厉害!""我可没那样说!"——为了封杀这类浮上脑海的话累得直冒汗。

最后我退学不念了,这是最主要的原因。

看佑司背影消失之后,我在电影院四周走动,找到一处可以消磨时间的场所。这一带,时装精品店、首饰店、快餐店一家挨一家。热闹得让人头晕目眩,但只能在此等待佑司出来。三明治全给他带走了,肚子也饿了。

走了一会儿,决定走进一家星巴克,估计这里问题不大。为什么说问题不大呢?因为这里全部禁烟。对于反应过敏的我来说,香烟的烟的威胁程度同煤气没什么区别。

若是我这样的人集体游行(手举写有"那件衬衫怎么回事?!"和"混账东西,就差一点点了!"等字样的标语牌行进),警察镇压时只要口叼香烟包围起来就行了,肯定泪流满面抱头鼠窜("哇,这个厉害!"一边这么叫着一边逃命)。

我这人体质上喝不了咖啡(开关"咔嚓"),所以这家店能入口的东西很有限。这样,喝的我要了塑料瓶矿泉水,吃的要了BLT三明治①。

我接过盘里的面包和饮料,在最里面的座位坐下。店里有八成座位坐了客人。有面对笔记本电脑的西装裙女性,有打开课本的学生模样的男子,总之这里有很多人边喝咖啡边做什么。我也学他们的样子,打开身上带的大学课堂用的笔记本,把自动铅笔头顶在自己胸口顶出铅笔芯。而后咬了一大口面包,约略想了想。

我"咕嘟"喝了口水,在第一页第一行姑且写下"1"。题目打算下一步考虑,没写。

---

① 以培根、莴笋、番茄为主,相互混搭的三明治。

第一句话很快出来了：

冷死的时候，我这样想来着……

下面的词句一个接一个流淌出来，感觉上同抄写早已准备好的文章无异。

果然，我想，果然像 Nombre 老师说的那样：

"满满一肚子话总要淌出来。"

我写"Archive 星"，写佑司，写事务所的工作，写 Nombre 老师和维尼，写周末的跑步和工厂旧址。打算先写眼下的生活，然后慢慢写自己和泠之间的记忆。

尽管此前只写过日记之类，但文章写得十分顺利。我在脑海里推出自己最喜欢的作家约翰·欧文，教给他文章写法的科幻作家库尔特·冯内古特的小说，以此为参考写个不停。

笔记本上描写的我和佑司，总好像比实际的我和佑司幸福得多。

的确，难受的事可以不写，那样他们就可以幸福。写幸福的他们实在让人开心。

我变得如醉如痴，给予另一个我另一个佑司以空间和话语。给予的时间说到底也是我失去的时间。

难以置信的是，意识到时太阳已经偏西了。

我吃了一惊。

"哇，糟糕！"

我霍然立起，弄倒了桌面上的瓶装矿泉水，不过里面的水早已空了。店里的其他客人以诧异的眼神看我。

我十万火急地把笔记本、自动铅笔和橡皮收进提包，退回盘子，飞身出店。边跑边看手表：电影放完一个多小时了！

不可忘的事却忘了。

本来这是绝对不可忘的事。

我为什么会这样呢？

和往来行人撞了几次，每次都说声"对不起"，只顾往佑司那里快步急赶。

只电影院周围没有人的动静。正是上一场与下一场之间的空当，这种时候电影院往往笼罩在奇妙的寂静之中。

佑司当即见到了。

他一个人坐在宽宽的正门台阶的正中。

膝头放着饭盒，怔怔凝视暧昧的空间。小嘴像唱什么歌似的动着，却没有声音。

"佑司！"

我打招呼他也没有察觉，走到很近时才看见我。

眼睛发红，鼻子发红，脸颊也红了，一次次抽鼻涕。

"对不起。"我说。

"呃。"

我弓下身，用手指擦拭佑司仍挂着泪珠的睫毛。从衣袋里掏出纸巾擦他的鼻子。

"一边一边来，用力太大，耳朵要痛的。"

"唔。"

我挨他坐下。

"实在对不起。"

"啊。"

我拉起佑司的小手，他的手像往常一样温暖湿润。

"把我急坏了。"

少顷，佑司用鼻音对我说：

"以为你哪里不舒服，动弹不得了呢。"

"是吗？"

"嗯。跑着找来着，跑了好多地方，可是没找到。"

"抱歉。"我再次道歉。

"这回好了！"佑司说。

"不要紧吧？"

"我不要紧的。让你吃苦头了。"

佑司摇头。

"我不怕的，能忍受。"

"噢，够了不起的。"

"我……了不起？"

"非常了不起，比爸爸了不起好几倍。"

"没那回事。"佑司说，"我哭了，使劲儿地哭。"

他又开始吧嗒吧嗒落泪。我把手插进他出汗浸湿的琥珀色头发，把他拉到自己胸前。

"惹你哭了，对不起。"

他静静吞声哭泣，把胸贴在我的胸口，以含糊的声音低声说道："求求你，别把我一个人扔下，别忘了我！"

我想大概是让佑司吃苦头的报应吧，反正因此使得佑司吃了更大的苦头。

回来路上，大约走了一半的时候，我的情况开始莫名其妙了。

佑司彻底精神起来，断断续续向我讲述刚看过的电影情节。风是顺风，我们像鼓满风的帆船轻快地行驶。

觉察到时，情况已相当糟糕了。鼻孔里面一股焦煳味儿，手指尖脚趾尖没了感觉，而且冷得厉害。

但我还是听着佑司的话应和了好一会儿，虽然内容几乎没进脑袋。

这么坚持着行驶了五六分钟，终于坚持不住了。

"佑司。"我打断他的话。

"什么?"

"停下自行车。"

"好。"

我们把车停在同柏油路呈直角伸出的一条田间小路,我瘫痪似的一屁股坐下。

筋疲力尽,气喘吁吁。

一般人只是"肚子饿了",可我的体质无论对什么都反应过激,这一症状也非同小可。四肢已从梢到根全都麻了,坐都坐不住,只好躺在地上。为了防止出现这种状态,平时我总是每天分五回吃东西,但今天晕头转向,彻底忘了三点进食时间。

"你不要紧?"

"呃,有点儿麻烦。"

"是的吗?"

"佑司!"

他蹲下,把自己的脸贴近我的脸。

"什么?"

"衣袋里还有钱?"

"唔,买了爆米花,还有剩。"

"那,有事求你。"

"好的。"

"从这里一个人骑自行车骑到附近便利店,买点吃的东西回来。"

"吃的东西?"

"嗯。爸爸电池没电了,要换新电池才能动。"

"是的吗?"

"是的。能行吗?"

"行。"

"那,去吧!"

"知道了。"

佑司站起身,把儿童自行车推上柏油路,跨上车座,回头看我。

"巧君!"

"嗯?"

佑司的鼻子又变红了。

"你不会死吧?"

"不怕,哪里会死!"

"真的?"

"真的。"

佑司确认真话谎话似的看了一会儿我的眼睛。我勉强做出笑脸。

"那,去去就来。"佑司说道。

"好,求你了。"

佑司脚踩踏板跑开。

"佑司!"

听得我叫,佑司按响车铃停下。

"什么事?"

"我想你也知道,买的可不是电池哟!"

"是的吗?"

他口里的"是的吗"类似一种条件反射,要想从中找出某种含义是有危险的。话虽这么说,究竟怎么回事呢?

"买的可是吃的东西,甜的最好。"

"嗯。"

"可能的话……"

"哦?"

"奶油蛋糕倒是合适。"

"明白了。巧君,你喜欢那个?"

"嗯。"

"这就去。"

"好的。"

他狠狠蹬一下踏板,飞快地跑远了。我慌慌张张刚要喊出声,但想到他耳朵不好使,只好作罢。

"骑那么快……"我重新躺在地上,"危险的哟!"

单单背部觉出的泥土凉气和杂草气味把我同现实世界维系在一起。我在朦胧的意识中不断祈祷佑司平安无事。

脑海中几次推出他被汽车挑开的情景，每次胸口都一阵绞痛。

心脏的跳动发出颤音，而且不时出现变奏，感觉非常不好受。

"泠！"我心中喊道。

没有回音。

"泠！"

我试着又喊了一次，仍无回音。不知何故，我悲从中来。

"巧君！"

佑司的声音使我清醒过来。

"奶油蛋糕买回来了。"

他大汗淋漓，上气不接下气。

"太好了……"我说。

"好什么？"

"啊，可以了。下次骑自行车可别那么快哟！"

"可是……"

"好了，所以我说好了么，谢谢！"

我欠起上半身，开始吃他买回的奶油蛋糕。太凉了，凉得我浑身直打哆嗦。我后悔没让他买温乎的，但我没有作声，默默吃了。

蛋糕被分解吸收输送到全身还需要时间。我依然仰躺不动。佑司也在旁边同样躺下。

天空已被黛蓝色天幕遮住。星星们像电池快要耗尽的手电筒一样闪闪眨眼。

"不要紧？"佑司问。

"啊，马上就好了。"

"真的？"

"嗯。"

"那么……"

"哦？"

"唱支歌好了。"

"唱什么？"

"妈妈教的。"

"不知道。"

"倒也是。"

"倒也是什么？"

"什么都行吧？"

"行是行。"

"害怕的时候，疼痛的时候，唱这个就能挺住，妈妈说。"

"妈妈说了？"

"说了。"

"那，唱给我听听。"

于是，他用清澈而尖细的嗓音唱了起来：

一头大象，

撞上蜘蛛网，

玩得心花怒放，

又叫来一头大象。

两头大象，

撞上蜘蛛网，

玩得心花怒放，

又叫来一头大象。

"等等！"

"什么？"

"在这歌里，大象要增加多少才算完呢？"

"没个完，直到自己觉得可以了。"

我想象几百头大象在巨大的蜘蛛网里挤在一起嬉戏的光景。

"大象真那么开心？"

"怎么能不开心呢？不开心能叫同伴来吗？"

唔。

"一起唱吧,一唱就好了。"

"明白了。"

  三头大象,

  撞上蜘蛛网,

  玩得心花怒放,

  又叫来一头大象。

我们一直唱到六十五头大象撞上蜘蛛网。最后是这样的:

  六十五头大象,

  撞上蜘蛛网,

  玩到日落天黑,

  一起回家忙。

"巧君,好了?"

"好了?"

"身体好了没有?"

"果然,不知不觉好了。"

"对吧?"

"对。"

"厉害吧?"

"的确。"

"晚了,我们也回家吧?"

"好。"

我们并肩推着自行车,沿夜路行走。青蛙们分外欢畅地叫着。有什么好事不成?

佑司开口了:

"想见妈妈啊。"

"是啊。"

一会儿,佑司再次说道:

"妈妈是因为我死的?"

"不是。"

"真的?"

"真的。为什么那样想?"

"没什么。"

停顿片刻。这回我开口了:

"真的不是。"

"知道。"

"知道就好。"

"嗯。"

我想，总有一天他要知道真相的。哪个家族都有人搬弄是非。眼下他就开始把握真相的轮廓，尽管还很模糊。估计有人多嘴多舌。可是，就知晓真相来说，他还太小。我说谎还要说一段时间。如果可能，最好等他看这部小说时知晓才好。我是这样想的。

何况，真相和"泠是因为佑司死的"多少有所不同。已经有一个结果的时候，很难断定哪个是原因。

不错，轮盘赌的小球进了黑十三号，但理由在哪里呢？不可能用一句话做出解释。我们所处的世界也和这轮盘赌无任何不同。

的确，佑司是公认的难产。

怀孕当中就有种种不适，体力下降的泠在分娩时打了好几针莫名其妙的药也是事实。也考虑过剖宫产，不是通过产道，而是像恺撒那样由医师切开的缝隙出生。但终归他还是花了三十分钟通过正常分娩来到人世。婴儿健康得很，体重达三千九百克。

另一方面，母亲极度衰弱，体内种种器官——过滤的、分解的、中和的器官统统失灵。

五年后她离开了这颗星球。至于那时她身体的不适同分娩时陷入的几种功能不全之间有怎样的关系，却是不清不楚。毕竟那以后她完全恢复过来，作为普通的母亲和妻子正常生活来着。所以，说她是因为佑司死的，不能说是事实。

纵使分娩时发生了什么并在五年后夺走她的生命，那也不能归罪于佑司。

他什么也没做。

他是我和泠自觉自愿接到这个世界上来的。那时他还没有呼吸，眼睛也没睁开，如尚未落地的雪一样纯洁。

因此，佑司不应该为这个痛苦。

五

第二天,我们像往常一样赶去树林。

酿酒厂今天也"咕、咕、咻"地叫着。天空布满厚墩墩的灰云。树林深处吹来的风带一股雨味。

"有可能下雨。"

"哦?"

我放慢骑车速度,和佑司并肩而行。

"一股雨味,有可能下雨。"

佑司使劲儿抽响鼻子。

"谁知道呢!"

"快点吧!"

平时尽量绕弯路,以便跑够距离再去工厂旧址,但今天我们以最短的路线直奔目的地。

林中一片昏暗。枹栎和野茉莉的枝叶如围盖一般在两人头顶舒展开来。积了不知多少层的落叶每次踩上去都发出湿乎乎的声响。

鸟没有叫。很难开口说什么,也许因为天空太阴沉了。万籁俱寂。

时而,像突然想起似的吹来的风摇响树梢,如撒豆一样哗然作响。上次来时还没有的倒地树干堵在小路上。我帮佑司提起自行车越过。

不大工夫,走出树林,来到工厂旧址。天空更暗了。

这时,最初一滴雨擦过我的脸颊,落在肩上。

"下起来了。"

雨线很快变猛。被淋湿的混凝土发出甚是撩人情怀的气味。空旷的工厂旧址没有任何避雨的地方。早知这样,留在树林里倒好一些。

我决定返回来时的路,招呼佑司:

"喂,回去吧!"

但他没听见我的声音,大幅度向前探出贴着湿头发的额头,以一本正经的神情看着什么。眼睛和眉毛蹙得很近,全神贯注,那样子,作为他算是相当有大人气的了。

我循着他的视线看去。

烟雨迷蒙的景色中,只有一点淡淡的彩色。位置正是仅存的墙壁写有"#5"的门的前面。我用指尖弹去睫毛的雨珠,再次凝眸细看。一眼就看出,那是让人觉得亲切的轮廓。

不至于看错。

冷!

她披着樱花色对襟毛衣,蹲在门前。我慢慢向下看佑司,他也抬头看我。眼睛睁得很大,口呈O字形。

"不得了啊,巧君!"他连连眨着眼睛,"妈妈……妈妈她从'Archive星'回来了!"

我们战战兢兢朝她走近。不是因为害怕——没有哪个丈夫会怕自己妻子的"幽灵"——而是担心哪怕空气的一点点震颤都会抹消她的存在。

想必佑司也是同一感觉。他没有飞奔上前一下子扑在母亲身上。

也可能他凭本能知道了幸福的虚幻。

同时,我也并没有忘记作为有知识的成年人紧紧抓住常识性解释不放。

长相酷似之说。

比如长相如双胞胎的他人,或者并非他人的真正双胞胎。若是他人,长得竟和幽灵一模一样,简直难以置信;若是双胞胎,我不可能不知道。她固然有妹妹和弟弟,但长相一如他人,莫如说没有血缘关系的我看上去更像兄长。而有个双胞胎妹妹戴着面具被软禁在哪里又没听说过。

实际存在之说。

我想这不可能。

虽说设想极有诱惑力，但有点勉强。

果真如此，那么就意味着我守护另一女性临终、出席另一女性葬礼、在另一女性墓前诉说。

我并没糊涂到那个地步。

此外还有外星人和克隆人之说，但我不大相信，若是大卫·杜楚尼①——穆德或许信以为真。

我一边朝她一步步靠近一边如此想来想去。归根结底，还是认为眼前的女性是妻的"幽灵"最能让我理解。

因为她这么跟我说过：

"到了下一个雨季，我一定回来亲眼看看你俩是怎样生活的。"

所以她按自己讲定的，在六月下雨的日子回来看我们。

当距离已经近到伸手可触的时候，我看清楚了，看清楚她右耳垂有两颗小小的黑痣，看清楚她闭合的唇间闪露的虎牙白色的牙尖。

她不是酷似泠的别人，不是双胞胎妹妹，不是克隆人。

---

① David Duchovny（1960— ），美国影视演员，以扮演《X档案》中的搜查官穆德闻名，剧中穆德对外星人的存在坚信不疑。

她是泠本人。

假如这个说法不对,那么换个说法也可以——她是具备泠的心神和外观甚至有可能有其记忆的某个存在。就幽灵来说实在太逼真了,拥有清晰的轮廓,连气味都有。

那令人怀念的头发气味。

没有可用来打比方的,只能说"气味"。那类似她朝我发出的亲密的话语。

世上唯一的话语。

此刻我再次感觉到了。

看样子她没觉察我们,径自呆呆注视自己脚下飞溅的雨滴。细看之下,同离开我们那时候相比,脸颊多少丰满了一点儿。那是她病情恶化前的面庞,看起来健康,那么年轻。

多少有些矛盾。

健康的幽灵,这是和利他性高利贷者或者积极向上的伍迪·艾伦[①]几乎同样矛盾的说法。也可能幽灵返回这个世界时表现的是那个人最幸福时的形象。

樱花色对襟毛衣的下面身穿的款式简洁的白色连衣裙,莫非是"Archive 星"配发的衣服?或者说那里的人都穿白

[①] Woody Allen(1935—),美国影视演员、电影导演。

色衣服吗？人们都说幽灵自古以来就身穿白衣，而近来到底改穿时尚服装了？

"妈妈？"

佑司忍不住了，以发颤的低微的声音招呼她。

泠这才意识到我们的存在，扬起脸，以失去感情的中立性眼神注视我们。而后缓缓闭起眼睛，又睁开，略略歪头。

那一个个细小的动作实在太亲切、太让人怜爱了，我差点儿哭了。即使是幽灵，也同样是我的妻子，同样让人怜爱。

我悄然伸出手，想确认她的存在。她换上怯怯的表情，身体发僵。

哪里不舒服不成，还是说被人触摸有违规定呢？

我克制不住自己的冲动，就势把手放在她肩上。

以为会发生什么，却什么也没发生。

我手下是她单薄的肩头感触，尽管被雨淋湿了，但仍有些微体温传导过来。我多少有些惊愕。比如说，那感触比六月的雨还要凉，或者我抓的不是她的肩，而是樱花色的雾霭——我觉得这都是可能的。

不管怎样，她存在于此，散发着好闻的气味，这急剧摇晃我的心。

佑司也战战兢兢走近泠，伸出小手，小心抓住对襟毛衣的底襟。她想朝佑司微笑，但由于脸颊发僵，只有半笑不笑的表情剩在那里。

什么意思呢？

这种奇妙的乖离感意味着什么呢？

我有些不安，叫她的名字。

"泠？"

她看着我，轻轻张开薄嘴唇，明显的虎牙闪露出来。

"泠？"她开口了，"那可是我的名字？"

声音尖细高亢，语尾略略发颤，让我怀念的语声。

语声愈发使我想哭，继而吃了一惊——那句话的含义又使我想掉泪也掉不下来。

"我的名字？"我问，"不记得了？"

"哦？"佑司出声了。

"好像。"泠说。

"真的？"佑司又问。

"我，什么都不记得。"

"什么都？"我无端地来回搓手，"一切的一切？"

"像是。"

她脸上浮现出自嘲式笑意，仿佛抽签没有抽中。

"那么，"她问，"你们是谁？"

"什么谁？"我觉得不大释然，对他说，"我是你的丈夫，佑司是你的儿子。"

"是的,我是儿子。"佑司说。

"瞎说!"她接道。

"是真的。"我说。

"等一下。"冷像要制止我们说话似的伸出一只手,另一只抱住自己的脑袋。

"我意识到时就已经在这里了。"她闭起眼睛,神情肃然地梳理记忆,"大约十分钟前吧。所以一直在想,却什么也想不起来。这里是哪里呢?我为什么在这里?这么想的我自身是谁呢?"

听她这么说,我心想:这就是说,她是十分钟前下到这地面的,所有记忆都好像放在"Archive 星"上了。

这意味着,甚至自己是幽灵这点她也忘得一干二净(大概)。

所以,这是怎么回事呢?

"今天我是和你们一起来到这里的?"

"正是。"我当机立断,这样回答。

"哦?"佑司吃了一惊。

我抓住他细细的脖子。

他默然。

"我们三人来到这里,周日散步,和往常一样。"

"是吗?"

"是的。"我点头道,"这么着,我和佑司离开你在树林里游玩，回来一看，你就成了这样子。肯定是摔倒头撞在哪里了。"

"就是说，摔得我失去了记忆？"

"好像。"

"是的吗？"佑司问。

我用力抓他的脖子。

他不再作声。

"反正一起回家好了，记忆很快就会恢复的。"

"会吗？"

"会的。"

她缓缓站起身。淋湿的连衣裙紧贴大腿根，水珠从裙裾滴落下来。

"好了，快回去吧，着凉要感冒的。"

"是啊。"

若是什么都不知道，那更幸福。没必要特意想起不好受的事。

我又想起她说过的话："到了雨季，我会回来的。"是她当时最后一句话。

她这样说道：

"是啊。我和雨一起看望你们，如果看到你们好好地生活，我就在夏天到来前回去，我怕热的。"

假如她一直忘记是从哪里来的，那么说不定她连返回

"Archive 星"都可能忘记。那样一来,我们就可以永远一起生活下去。

我和佑司,加上泠,三人。

只要三人能在一起,妻是幽灵就不算什么大问题。

真的。

泠和佑司并排走在林中小路上。我推自行车跟在后面。起始显得心神不定的佑司很快拿定主意,把手向她伸去。泠注意到了,当即抓住佑司的手。佑司猛然向上看泠的脸。她漾出温柔的微笑。就在这一瞬间,佑司出声地哭了起来。

也难怪,已经有一年没摸母亲的手了。

她回头看我,仿佛在问"怎么了?"。

"迟早你会明白的。"我说,"佑司特别特别爱哭鼻子。"

这么交代一句,即便往后佑司不合时宜地哭起来也可以成为理由。

"有点儿不知所措,毕竟你记忆全部消失。"

"是的吗?"佑司抽抽搭搭地问。

我不理会他,继续道:

"所以,别多想,好好待他就是,以前你一直这么待他的。"

她点头表示明白,随即把手搭在佑司肩上,拉到怀里。佑司感受着母亲的体温,沉浸在不妨说"哭醉"的惬意的酩酊之中。

想来，佑司已经历过一次同母亲分离。如果同再次遇上的母亲不久也有分离的那天到来，那么，这次重逢一开始就包含了悲伤。

"夏天到来前。"她说。

这句话若是真的，所给时间就不多了。

"要抓紧疼爱她才行。"

我一把抓住泠的连衣裙下摆，脸贴她的腰，对抽泣不止的佑司轻声说道。

六

回到寓所,我把泠领进里面的房间,告诉她立柜哪个抽屉装有什么东西。她的衣服一直放在原来地方,和一年前一样。

我和佑司很快在外面的房间换好衣服,然后两人钻进卫生间。为了不让泠听见,只能在这里说话。

佑司坐在马桶上,我靠着门和他面对面。

"听我说,"我压低声音,"妈妈什么都不记得了。"

"是吗?"

"嗯。无论同爸爸和你一起生活的事,还是结婚前的事。还有,"我轻叹一声,"自己一年前得病离开这颗星球的事也不记得了。"

"唔。"

"所以,这件事要保密。"

"什么事?"

"什么事?就是我想使事情变成这个样子:妈妈哪里也

没去，一直同你和爸爸三人在这里生活。"

"昨天也？"

"是的。"

"前一天也？"

"对。"

"要是妈妈问起来，该怎么说呢？"

"指什么？"

"很多很多。"

"好好想办法嘛。"

"想不出来呢？"

"那就哭着蒙混过去，突然哭就行了。"

"是吗？"

"嗯。好容易回来的，最好不要让她知道当时是怎么生离死别的。"

"我也那么想。"

"是吧？况且，如果知道了真相，妈妈说不定考虑重回'Archive 星'的。"

"那不行。"

"那么，就要努力。"

"好，试试看。"

手贴手发誓之后，我开门走出。

泠就站在门口。

我大吃一惊，却装出不以为然的样子。不过到底大吃一惊，没准她会看出我不以为然的样子是装出来的。

莫非给她听见了？我观察她的表情。

"这家里的男人一起上卫生间？"

看来问题不大。

"啊，是啊，唔，偶尔吧。着急的时候有时这样，刚才就是。"

她换成有些胆怯的表情。

"那么，这个呢？"她朝房间中央伸出手去。

"那个怎么？"

"为什么胡乱放那么多东西呢？"

"胡乱？"

在我看来，那已被充分整理过了，处于功能性配置状态。当天备换的家常服弄成一堆放在房间北面一个角落，旁边那堆是晾干收回来的衣物。脏衣服挨南墙放着，以免混在一起。书架放不进去的书和漫画之类，按作家分类装进超市塑料袋排成一排。

没赶上垃圾回收日的"可燃垃圾"袋有两三个靠窗放着。可那也不能称为"胡乱"。

一切都各就各位，处于被监控的秩序之下。

"的确有不少东西放在地板上面……"我说，"可这种配置完全有其道理的呀！"

"我这么放来着?"

我"啊"了一声,随即改口:"不不。"就是说,我不习惯说谎,说谎马上露马脚。"这个么——,是我放的。"我搔了搔头,干咳一声争取时间,"是这样的,你近来身体一直不好,没办法做家务。"

"是那样的?"

"嗯,已经躺一个星期了。"

"所以,衣服也没能好好洗,你就穿那么脏的衣服?"

我看着自己身上的运动服。

"脏吗?"

"不能说是干净吧?第几天了?"

"才第三天。"

"吃饭时注意点儿,怕也不至于这个样子。"接着,她手指那堆洗过的衣服,"晾的时候没有好好拍一拍,结果皱皱巴巴的。"

"拍?拍哪里?"

冷摇了下头,仿佛说别说了。

"问题是,我躺了一个星期,怎么今天还能去那种地方散步呢?"

"康复了嘛。"

"是吗?"

"……好像是。"

"好像是?"

"这是咱家的习惯,硬挺也要去的,你说。"

"我说来着?"

"大概。"

泠叹了口气。

"我,"她手贴自己的胸口,凑近我的脸,"真是你的太太?"

"真是,不是好像,不是大概,千真万确。"

看样子,她对自己十分怀疑:自己怎么会是这样的人的妻子呢?

"相处得很不错咧!"

不说就好了,说反倒加重了她的疑心。至于对我还是对她自己,就无从知晓了。

"姓什么呢?"

"秋穗。"

"那,我是秋穗泠?"

"是啊,泠,三点水加命令的令。"

"秋穗泠……"

"嗯。"

"年龄呢?"

"二十九,和我同岁。"

"二十九岁。"

但她的人生在二十八岁就已落了一次幕。二十九岁是她不可能到来的未来。而且，现在站在我面前的她看上去比二十九岁年轻得多。

的确年轻。

冯内古特说去了那边的人可以选择自己喜欢的年龄。

出现在《囚鸟》那部小说中的他的父亲，在天国九岁。父亲总受调皮鬼们的欺负，被迫脱掉长裤和短裤。脱掉的短裤被调皮鬼们扔进呈井口形状的地狱入口。从很深的下面传来希特勒、尼禄[①]、莎乐美[②]等人的呻吟。

冯内古特这样写道：

"据我估计，希特勒不但遭受最严重的痛苦，而且要周期性用脑袋接受我父亲的短裤。"

总之我庆幸返回的妻不是九岁。

"佑司君几岁了？"她问。

"哦？"卫生间有声音传来。

"六岁，小学一年级。"我回答。

[①] Nero Claudius Caesar Augustus Germanicus（37—68），古罗马皇帝。公元64年将罗马火灾责任推给基督教徒并进行大屠杀。暴君的典型。

[②] Salomé，《圣经·新约》中加利利（今巴勒斯坦地区）分封王希律·安提帕后妻希罗底的女儿。因在分封王面前跳舞而取得曾经反对其母再婚的约翰的首级。

她以"君"称呼佑司给我的感觉非常奇怪。尽管人那么亲密,而感觉却好像不是妻,而是另一个人。又好像自小熟悉的表姐妹什么的。

"就是说,我是有一个六岁孩子的二十九岁的主妇,是吧?"

"是这样的。"

"倒是完全没那个感觉。"

"那怕是的。"

"我喜欢你来着?喜欢得想结婚?"看神情,这对她是最大的谜团。

"或许难以相信,可真是那样的。"

我也好像没了自信。说到底,我这样的人为什么选择她了呢?不选择她也似乎未尝不可,不可思议。

"我们在哪里相识的?"

"在高中。十五岁那年春天我们相遇了。"

"那,是同学了?"

"正是。三年一直同班。"

她脸上浮现出带有好意的微笑。

"求求你,讲一下当时的事可好?"

"是啊……"我微微一笑(是我所拥有的笑容之中档次最高的),开始讲述遥远的天真的神话时代的幸福邂逅。"对了,我们相遇时……"

这当儿，卫生间响起冲水的声音，佑司出来了。

"啊，这下轻松了！"

看来他利用了卫生间本来的功能。

"我的乖儿子的衬衫呢？"泠看着把湿手往胸口擦的佑司问道，"第几天了呢？"

"怕是第四天吧。"

其实是第五天。

"是吗？"

"我想是的。"

"吃饭怎么就不能吃规矩一点儿呢？"

"没办法，这家伙！"

"你也一样。"

"啊，可也是。"

这么着，两人很规矩地吃着晚饭。

吃的是我三下五除二做的肉酱意大利面。肉酱一粒也没掉到桌上，当然也没弄脏衣衫。

妙！

泠也自然而然地吃了意面，卫生间也去了。举止不大像是幽灵。本人尚未意识到，也怕是理所当然。

饭后，泠说累了，就去里面的房间铺好躺下。她很困惑，困惑格外使人疲劳。

佑司毛手毛脚在她旁边并排铺了褥子，怀抱《莫莫》钻进被窝。不管怎样，能在她身边已足够幸福了。

从这边房间看去，他一面看书一面察看泠的动静。确认她仍在身边之后，从小巧的唇间透出放心和幸福的叹息。

我脱掉运动衫，连同佑司的衬衣扔进洗衣机。

倒是没怎么注意，不过穿带有可乐和酱油污痕的衣服看来是不对头。没有人指出这点。泠在的时候，即使我不作声，面前也总是摆着干干净净见棱见线的衣服。

剩自己和佑司两人之后，我自以为是竭尽全力的，但我的所谓竭尽全力，看来还不到世间行情的一半。

茫茫人世的某个地方，有一个完美无缺的父子家庭。在那里，父亲和小孩身穿一无皱纹二无污痕的干净衣服，住的房间如硅芯片工厂的无菌室一尘不染，每个周末父子都开车去郊外的电影院，两人一边嚼着爆米花一边看迪士尼动画片。

妙！

我无可指望，而且很早我就已不再对办不到的事怀有期望。我这人是由一般人身上剩下的边角料做成的，所以，根本不可能像一般家庭培养小孩那样培养佑司。

但我不放弃努力。

该觉察时觉察不到，该记住的事情忘个精光，由于筋疲力尽而该做的事也不做就睡了过去。尽管如此，我还是想多少做好一点。

对这样的我,她是怎样看的呢?

说起来,她返回这颗星球应该是为了确认我和佑司是不是在好好生活。如果她记得这点,她将说出怎样的感想呢?

喟然叹息一声,说道"不出所料"——她要这样说的吧?

有一点可以断定,她绝不会说:"嚄,了不起,了不起啊!"

十点多,我冲了淋浴,换上睡衣。由于夜里要醒好几次,再不上床,白天就难熬了。

对我来说,睡觉就像是梦的巡礼——在一座巨型大厦里漫无边际地走来走去。

大厦里有好几千个房间,我从中找出一个有灯光透出的房间,推门进去。房间里放有旧电视机,我坐在沙发上看电视上的B级电影,看了很久——便是这样的梦。不料,那当中总有个坏家伙进来拔掉电视的电源。

咔嚓。

无奈,我起身从变暗的房间走出,开始上路寻找下一个梦。

如此这般,一夜过去。

咔嚓。

声音把我惊醒,去寻找下一个梦。

咔嚓。

咔嚓。

心力交瘁。

我招呼隔壁房间的泠。

"感觉怎么样?"

怔怔盯视佑司的她缓缓抬起视线,但没有到达我的脸。她的视线在我和佑司之间暧昧的空间浮游。

"头痛。"

"怕是发烧吧?给雨淋得那么湿,可能感冒了。"

她不置可否地点了点头。

"怎么回事呢?"

"去那边可以的?"

穿睡衣去她那边,我觉得有欠慎重。当然,这个念头来自对她的心情的判断——对她来说,我是第一次见面的人。作为我也多少有些不好意思,毕竟一年不见了。

"请,这不是你的卧室吗?"

我走到泠的枕边,跪下来手摸她的额头。好像微微有点热,幽灵也感冒不成?

"有点发烧,倒是低烧。"

"不怕,睡一觉就好的。"

"真的?"

"嗯。"

感觉十分不可思议。

碰她额头的感触,体温,她的气味。

曾经有过的交谈的再现。

很难相信她已死去一年了。没准我做了个梦,梦见仿佛好莱坞疑难病题材的电影,现在刚刚睁眼醒来。

咔嚓。

然而,她的话推翻了我的感觉。

"可爱的孩子啊,佑司君。"

我有些伤感,以干巴巴的语声告诉她:

"那是你的孩子。"

"是啊,快点儿记起来就好了。"

"没问题的。"

"呃。"

说不定——我想——她离开这颗星球时把记忆整个留了下来。她的记忆还留在这房间里。果真如此,在"Archive星"上她大概吃了些苦,因为那颗星上的居民必须为"某个人"写书的。

没有记忆的人,只能写没有记忆带来的空虚,而那样的书很难说多有意思。

还是给她多讲一些往事吧,以便她返回那颗星时带走。那样她就可以写关于我和佑司的书了。

为了给"某个人"看。

佑司抱着《莫莫》睡了过去。小嘴微微张开,闭起印出青色静脉的薄眼睑,睡得十分香甜。从略略堵塞的鼻腔中传出"滋——滋——"浑浊的呼吸声。

幸福的小子。

大概正做美梦。

我把《莫莫》从佑司手中轻轻抽下,放回他作为书架使用的彩色木箱。

"那么,晚安!"我对旁边的泠说。

"晚安?你在哪里睡?"

"在那边房间铺褥子睡。"

泠慢慢摇了摇头:

"在这儿睡,在佑司君旁边。每晚不都这样吗?我们三个睡成'川'字。"

"那倒是……"实际不是,一直只我们两个睡。

我旁边是佑司。

两人睡成立刀"刂"。

"没关系的?在心情上,我对你可是今天第一次遇到的男人。"

"不碍事。还是自然而然像往常那样好,我的记忆也才能快些恢复,我觉得。"

说不定你已经永远失去了你本该记起的记忆。

连同生命。

这两句话在口边打了个转,我把它咽了回去。

"那好,就这么睡。"

我把褥子同泠的并在一起,中间夹着佑司。我拉一下主灯的拉线开关,熄掉荧光灯,打开橙黄色的灯泡。佑司夜里有时起来上卫生间,平时也不使房间完全变暗。

总好像有点儿紧张。

她根本不像幽灵,爱情还在我胸中高声歌唱。

嗬……嗬嗬、哟——嗬嗬、嗬……嗬嗬、哟——嗬嗬!

愈战愈勇。

"嗳?"她招呼道。

"嗯?"

"接着刚才的话讲。"

自言自语般的语声传来。

"好的。"我说,"接着讲。"

我们相遇时,两人都十五岁,世界还只有昨天、今天和明天。

知道吧？那个年龄既不回顾过去，又对明天以后的事毫无兴致。

你是个非常单薄的少女。

较之中性的、仿佛男孩的少女，更是个以女孩模样出现的咖啡勺似的精灵，头发极短，可能比班上任何同学（包括男生）都短。

居然还戴一副银边眼镜。

作为那个年龄的女孩，等于这样说道：

"我对男孩完全没有兴趣，别理我！"

记得那个年级有三四个这样的女孩。不过，几乎所有女孩哪怕视力不好也没把眼镜戴到学校来。或者戴隐形眼镜，或者什么也不戴地忍受着，忍受多多少少的模糊不清。

十五年前的事了，还没有如今这么时髦的眼镜，那是个时髦女孩不戴眼镜的年代。

因此，在某种意义上，你非常显眼，和别的女孩明显不同。加上你的脑袋长得比其他同学小两圈，而且脸虽小却又露出大得不相称的虎牙，使得十五岁的你比谁给我的印象都深。

我这人本质单纯，对眼前的东西就那么一口生吞下去，无论什么。这么着，我直接接受了你发出的信号。

"明白了，你没主动出击。"

其实我对任何女孩都不曾主动出击。

不过，有一句话是要说的：我充分意识到了你的魅力。

你比谁都认真。认真这东西，一般不作为魅力来看待，但我喜欢认真的人，认为认真是理应受到正当评价的无上美德。认真同信赖相关，信赖是构成爱情的主要因素。所以，认真的人要比富有官能感受的人更为了解爱是怎么回事。我这人也认真，很清楚这点。

而且，当时固然没觉察到，你还具有丰富的感受性和领悟幽默的聪明。眼镜片后面有一个渴望得到爱的、多情善感的少女正向我伸手。

还有，从审美角度说，你也相当美丽。不管怎么看，从头型、脖颈到下巴的曲线非同一般，骨相学上长得好。也许因为这个，画画的人和搞雕塑的人常求你当模特。还时常被挑去当摄影对象，我的课本也常把你作为涂鸦的模特。

总之，我在十五岁那年春天遇上了这样的你。

一个年级，一个班，你后面坐着我。

往下三年，虽说每年都换班，但我们始终一个年级、一个班。我的座位不在你右边就在你左边，或者紧挨你后边。所以，一天中的大部分时间我们都是在一米的小圆圈里一起度过的。

这个年龄的我们，性方面已经成熟，开始通过化学物质把自己寻找伙伴以留下子孙的信息大肆撒向四周。接收的人无论本人自觉与否,也都相应释放同样的化学物质。那是在无意识下交换的爱恋传说。

封闭在半径一米圆圈内的我俩比任何人都频繁地互相交换这种化学物质。用铅笔抄写黑板上的字的时候也好,强忍困意听老师讲课的时候也好,我们都利用这种小小的通信手段交换话语。

有人没有啊?我在找恋爱对象。

我们一点也没意识到我们是在与自己无关的地方做那种亲密行为的。

你戴着银边眼镜,就像和恋爱无缘的咖啡勺精灵一样超然物外。头发依然那么短,校服裙子长到膝盖,耳环也好项链也好甚至唇膏都和你毫不相干。上课时热心做笔记,你的视线极少离开黑板、老师、课本和笔记本这四个点。

在所有意义上你都是模范学生。

无可挑剔!

尽管如此,你的成绩并不靠前,这一事实是个让人开心的注释。你不是天才,不是秀才,仅仅是个认真的勤奋学生,是个不能左右逢源的正直者。你痛痛快快借给笔记本的周围人取得的成绩往往比你还好。你的笔记字迹工整,归纳得一目了然,我也因此受益不少。

虽然我平时不去教室,甚至课本都不带,但我仍能维持过得去的成绩，这全是由于你那神奇的笔记。反正，只要看一遍你的笔记，考试拿个及格就不是什么难事。大凡脑袋灵活的人看上一眼，都很容易从中看出老师的意图。而你不是脑袋灵活的人，无法像别人那样灵活运用自己持有的笔记的价值，但看样子你对此不怎么介意。你选择的道路是：即使比别人花时间，也要一步一个脚印前进。

不知不觉之间，泠睡着了。

我闭住嘴，仔细看她橙黄色灯光下的睡觉中的脸。脸随着呼吸微微晃动。

她在呼吸，和活的一模一样。

蓦地，关于她临终时的记忆复苏过来，胸口掠过一阵痛。

我会再次失去她吗？

希望她在身边，从此往后，直到永远。

她是幽灵也没关系，把我们的事忘光也无所谓。

只要她在身边就好。

我轻声向她寒暄：

"晚安！"

佑司应道：

"是的吗？"

当然是说梦话。

七

第二天早上睁眼一看,她已经起来了,正准备早餐。

"不要紧的?身体怎么样?"

"头还有点儿痛,但比昨天好多了。"

"用不着勉强,早餐我来做。"

"噢,不过还是这么动着好,可以冲淡些。"

我洗脸刷牙,在餐桌旁坐下。

"啊,记忆怎么样?"

"没什么,和昨天一样。"

她把装有炸肉丸和牛奶黄油炒蛋的盘子摆上餐桌。

"盒饭是一样的东西……"

"没关系,总是那样的。不过,你知道我中午吃自带盒饭的?"

"控水架上有空盒饭的嘛。"

"啊,原来如此。"

"现在就吃?"

"等佑司起来一起吃吧,平时总是一起吃。"

总好像过于日常化了,以致我陷入错觉,觉得前天、昨天和今天一直这样和泠一起开始一天的生活。

她用毛巾擦罢手,在我对面坐下。她身穿以前工作时穿的印有健身俱乐部名称的运动衫,这也是她常穿的家常衣服。长发扎成马尾辫这点也一如当时。她头发密,辫子扎得离头顶很近。这也是她从前的扎法。

"这发型,"我说,"让人怀念啊!"

我的话使她现出略略沉思的表情。

"那么,扎马尾辫是很久以前的事了?"

我"啊"一声,随即道了声"不"。

"嫌做饭时碍事,就整个扎了起来。"

"是啊。嗯,那么说来或许是的,是的是的。"

较之不会说谎,恐怕更是记忆力的问题。我已把向她说谎这个决定彻底忘了。

看我狼狈的样子,她显得有些吃惊:

"总好像不大对头。"

"指什么?"

"指你。"

"啊,"我马上接道,"是吗?不要紧的。哪里也没有不对头。"

"算了。"说着,她叹了口气。

"我每天在这里料理，为你和佑司君。"

她定定注视到处是油渍的炉灶和因水垢变色的洗碗槽。

"噢，你是会这样的。"

炉灶旁边的墙壁，有我初次（也是最后）向炸土豆片挑战时弄的焦煳痕迹。忘记油已倒进炉里了，结果油霍地蹿起火苗，火苗大得难以置信。我来了脾气，用水桶提来浴缸里剩的水泼在火焰上。不用说，那是错误的做法。响起剧烈的爆炸声，水奇迹般熄灭了。

火炭样的炸土豆片到处散开。突发事态致使我心脏病发作，晕了过去。

事情发生在三个月前。

"嗳。"她开口了。

"什么？"

"昨晚睡觉前你说的话里边，有一句说我非常认真，说了好几遍，是吧？"

"嗯，说了，你是够认真的。"

"可是，在这里的我却是非常懒惰、马虎的人，我觉得。厨房也好浴室也好卫生间也好，看样子都好长时间没清洗了，电冰箱里全是速食品。"

她朝我转过几乎只能说是哭相的笑脸：

"模范学生不一定就是模范主妇的呀。"

"不，不是那样的。"我冲口而出。

她像有所期待似的看我的眼睛。

我又重复一遍：

"真的，真不是那样的。"

她的眸子忽然阴暗起来。

过去我就不擅长用有说服力的话语说服别人，这种时候总说要命的傻话。

"真的。"

我又说了一遍，但已变成自言自语似的小声。本想找一个虚拟的理由，却什么也找不出来，彻底卡壳。

"迟早讲给你的。这里边，"说着，我摊开双手指着整个房间，"有个缘由。"

"是吗？"

"是。"

她在的时候，房间不是这个样子。厨房也好浴室也好卫生间也好都被打扫得干干净净，用起来很方便。电冰箱里放的全是新鲜蔬菜，哪里也找不到速食品。是我弄成这个样子的。离开她的笔记一无所能的我长大后也同样。没有她，简直寸步难行。

"你的头发，"她以惆怅的眼神说，"今晚剪一剪吧。"

"头发？"

我把手指伸进自己一圈圈卷起的卷毛发。

"最后一次理发是什么时候？"

"三个月前吧。"

"你是上班的吧?"

"那是……"

"那么没型没样的脑袋能行?"

"倒也没怎么给人说什么。就那么糟糕?"

"像刚刚睡醒起来的雄狮。"

"那是不像话。"

"单位够网开一面的嘛!"

她说得不错。

对刚睡醒的雄狮宽容的是大白熊犬。

尽管如此,她没有说"去理发店",说的是"剪一剪吧"。确实,无论我还是佑司都是她给剪的。想必那样的记忆残留在身上什么地方。

"你来剪?"

听我问,她点了点头。

"我好像能剪。"

"一直由你剪的。"

"那就不要紧了。都说手记得住。"

实际并非不要紧。

此是后话。

由于她准备早餐和盒饭,早上我得以拥有充裕的时间,好久没这样了。我一边喝冷泡的香节茶（香草叶在哪里放着了？）一边把她的事讲给她听，随想随说。

你的生日是一月十八日，是白羊座，任何占卜书上都说白羊座的人小心谨慎、富有耐力。

婚前你姓榎田，娘家在北边一个镇，乘电车三十分钟。现在你父亲、母亲加一个妹妹、一个弟弟生活在那里。

你和你家族的哪个人都不像。总的说来，一出生你的长相就像是我这边家族的人。

顺便交代一句，我父母住在南边一个镇，乘电车十五分钟左右。

我没有兄弟姐妹，是独生子，人们说"这就是病"。

此外我也有种种样样的问题，这个下一步说不迟。

你上初中时是器械体操课外活动小组的。拿手戏是跳马，我也看过（体育课上进行示范表演的时候），你的弹跳力出类拔萃。和你比起来，其他同学看上去简直像婴儿在地上跺脚。

真的。

只是，你有个毛病，就是无论如何也不能在着地点站稳。因此，得分总是六点五左右。倒是参加过体操队，但你是所谓"替补"队员。所以，上高中后你放弃器械体操选择艺术体操，或许可以说是明智的选择。这是因为，艺术体操是在大滚翻之后也不用站在那里，只管向前冲去。

"我……参加艺术体操活动小组了？"

"是的，那个小组十分有名，在高中联赛中拿了好几次第一。"

"厉害啊！"

"你也是相当出色的选手。高中联赛倒是没参加，但在地区比赛上取得了相当不错的成绩。"

"很难相信。"

"不信？"

"不是说艺术体操么？"

"是啊，是说艺术体操。"

"指我？"

"指你。"

泠"噗嗤"笑了。

"不可思议啊！"

"想必。"

"你呢？"泠问，"参加什么小组了？"

"田径。"

"跑了?"

"现在倒是也跑。高中时代是八百米的选手。"

哇!说着泠一蹙鼻子。

"够你受的。"

"再够受的也不怕。"我说,"自愿做的时候,倒也没觉得多么难受。"

"是吗?"

"肯定是。"

"喂,佑司!"

隔壁响起男子自来熟似的语声。

泠吃了一惊,身体僵僵的。

"闹钟!"我说,"听听看!"

"喏,我把你的礼物拿到这里来了。"

"瞧瞧呀,在这里呢,睁眼瞧瞧!"

"对了,再睁大一点儿。在这儿,这里!"

"哪里?"佑司低微的声音传了过来。

"这里!对对,使劲儿睁开眼睛!"

"所以问你在哪里嘛!"这回声音已相当清楚了。

"好了,醒过来了!那,好好瞧瞧,瞧瞧我给你的最佳礼物——新的一天就在这里。"

"哇,又给你骗了!"

早安!佑司揉着眼睛从隔壁房间出来。

"我的乖儿子,脑袋比你还不成样子!"

"啊,睡觉睡的,天天早上一塌糊涂。"

佑司的脑袋活像《花生漫画》里面的伍德斯托克,活像总是迎着北风走路的旅行者。上身一件睡衣,下身只一条皮筋松懈的裤衩,裤子扔在被窝里不管。

他以没有聚焦的眼睛看着我们,搔着脑袋思考什么。

闭上眼睛,又慢慢睁开。

"妈妈?"

佑司的眼睑看着变红,眼睛闪着泪花。

"妈妈,是妈妈吧?"

他跑上前来,扑在泠的胳膊上。

"是妈妈,妈妈回来了!"

佑司搂住泠的腰,发红的脸颊贴住她的胸口,"妈妈、妈妈"不断叫着,紧紧抱着泠不放。

我从椅子立起,绕到他背后。

下滑的睡衣简直像尿布一样胀鼓鼓的,从中探出的双腿细得可怜,膝后的青色静脉清晰可见。

"佑司,"我说,"妈妈病好了,从今早开始重新给爸爸和佑司做饭。又不是要去哪里，别那么夸张哟！"

佑司肩部微微动了一下，屏住呼吸，在想什么。那颗小小的脑袋大概正在拼命回想昨天以来发生的事。

"妈妈摔了脑袋，摔得失去了记忆。可想起来了？"

佑司仍抱住妈妈，陡然点了一下头。

"佑司好像爱哭鼻子的。"

再次点头。

"好了，吃早餐吧，妈妈给做的，好吃的哟！"

佑司缓缓离开泠，低头坐在自己椅子上。

"先洗脸刷牙。"

佑司点头，走去洗漱间。我目视他的背，然后把视线转回泠。

"昨天也说了，佑司动不动就哭鼻子。"

"好像。"

"早上起来很久没看见你在那里了，高兴才哭的，因为你一直睡到昨天早上。"

"真的？"

她用不无诧异的眼神看我。我浮起僵硬的笑容，意思说瞧你那眼神。

"总觉得不大对头。"泠说。

"指什么？"

"你俩。"

"哪里,"我说,"没什么的,没有什么不对头的。"

表演已接近极限。感觉上就好像自己成了三流演员,为掩饰谎言而吹起口哨。

佑司折回自己椅子坐下。

"好,吃吧。这么好的早餐!"我特意大声说道,以此切断这危险的流势。

"那我就吃了。"佑司接了一句。

泠来回看了一会儿我俩的脸。我们佯装不知,大口小口吃个不停。

少顷,她低低叹息一声:

"你俩,吃得文雅一点儿可好?掉得满桌子都是。"

吃完饭,我脱掉睡衣,换上西装。目视一身西装的我,泠猛然吸了口气。我略略做出类似"GQ"① 模特的姿势。莫非自己换了一个人不成?

"跟你说。"泠开口了。

"什么呢?"

"你就一直穿这套西装上班的?"

看来是我误会了,这点从她语气中听得出来。

"那是啊……"

---

① 全球知名的男性时尚生活杂志,1952年创刊。

"那不是冬天穿的西装吗？布料厚厚的，为了防寒。"

"是的吗？"语气活像佑司。

"再说，尺寸根本不合适，肩部不是全塌下来了？"

不知道。

没人指点。

突然，我想起那个天使般的女性。

事务所的永濑。那奇妙的态度。

啊，是吗？原来她是想把这个指点给我的。

"瘦了的关系，瘦了许多。"我辩解似的说。

泠死后，我几乎什么也吃不下去。本来吃的就少，就越来越少了，眼看着消瘦下去。六十二公斤减到五十四公斤。那以来数字再无变化。

于是西装变得松松垮垮。

而我竟无动于衷。

只是，手偶然碰到挂在最前面的西装，结果一直穿个没完。

她查看立柜，发现一套薄些的春夏两季穿的西装，递给我。穿上一看，这套当然也肥肥大大。

"总觉得不对头。"

她看着身穿肩部塌落的西装而脸上傻笑的我说道。

"什么不对头？"

"你、真是住在这里的？"那眼神甚至流露出一种悲哀。

"我是你的妻子这点我相信,但说不定你是在擅自借住别的什么人的房间,不是这样的?"

言之有理。这样一来,房间的脏污她也就能理解了,因为自己不是这里的主人。

西装尺寸不合身也因此解释得通,因为是别的什么人的西装。

"没那回事。"我说,"这是我们的房间。刚才也说了,我太瘦的关系。"

"为什么瘦?"

"啊,这也是我身上各种各样的问题之一,总有一天你会明白的。"

"总有一天?哪一天?"

她抱起双臂,目视我的脸,仿佛说自己再不让步了。

"今晚,"我说,"今晚说,说我身上各种各样的问题。"

"明白了。那,我等着。"

随后,泠帮佑司准备上学,帮他扣一直自己扣的扣。一种退化现象。

啊,也罢。

这么看着,觉得这房间的时间好像往回倒了不止一年。

走出房间前,我对泠说:

"呃,最好不要到外面,我想。"

泠轻轻点头，看上去没想太多。

"脸色也还不好，在家里慢慢休息好了。"

"知道了。"

我担心的莫如说是周围人的眼睛。虽说我们同左邻右舍没多少交往，但还是有不少人晓得泠已去世一年了。

这座公寓楼的结构有点儿特别，六个套间中有四个只一个房间，唯独靠东侧的一楼和二楼（即我家）的两套由两个房间构成。也是由于这个原因，公寓住的几乎全是学生或单身工薪族。这一年来有三套换了人，如今知道泠的，只有一零一室的工薪族男性和我们楼下一零三室的年轻夫妇。大家白天都做工，不必担心外出的泠和他们碰上。尽管这样，也还是小心为好。

泠站在门口目送我和佑司：

"早些回来！"

人的举止大概同记忆无关，该怎样自然怎样。这么站在门口目送我们的她那动作、那声音、那表情，无不和生前的泠一模一样。

"早些回来，佑司……"泠把最后的"君"咽了回去，莞尔一笑。

之后对我说"早些回来"的时候，现出略一沉思的神情。

"这么说来，"她说，"我想我还没有问你的姓名……"

啊,我点头,告以自己的名字:"巧。"

"巧?"

"嗯,灵巧的巧。"

"噢,是巧老师。"

"人倒是一点儿也不巧,有负这个名字。"

"是吗?"她轻轻点头,而后调皮地一笑,"那,叫'巧君'也可以喽?"

"可以。"

她以仿佛说"既然那样"的感觉换个姿势:

"早些回来,巧!"

即使说出"我爱你",也不至于这么让我心痛。

眼泪几乎流了下来。

肯定是因为这句话已经重复了一千多遍。每天早晨她都用这句话送我出门。它意味着我们婚姻生活本身。

"那我走了。"

我的语气带有情意。

"早上好"也好"晚安"也好"好吃啊"也好"不要紧"也好"睡得香不香"也好,这些平平常常的话语无不蕴含爱心。

这就是夫妇,我想。

那时倒没意识到。

八

走进事务所,我最先向永濑打招呼:

"衣服换了,虽说为时已晚。"

喏喏,我把双手同身体平行地举起,给她看薄质西装。

"啊,是啊,果然。"

不知何故,永濑满脸通红,一副心慌意乱的样子。本以为她会高兴,不料竟像淘气被发现的孩子似的狼狈不堪。

"你觉得别扭的就是这个吧?"

"是……是的,正是。"

她的脸愈发红了。

"让你操心了。"

听我这么说,她在胸前摆了好几下手,"啊,哪里!"说罢逃去了茶水室。

好一个不同一般的女子,我想。

同往日相比,工作处理得更加慎重了。备忘录的数量增加了，就连往常不写的小事也小心以文字形式存留下来。告示板转眼之间就被十分钟前传给自己的发货单占满了。反过来看，等于说自己便是处于如此缺乏可靠性的状态。脑袋里装的全是冷。

简直像在恋爱。或者不如说，即使对照我微不足道的体验，这才是不折不扣的恋爱。

千真万确，我想。

这是恋爱。

我在恋爱。

我爱上了妻的幽灵。

妙！

同时也有不安。

如此这般，在离开寓所的时间里，我心里总是担心，担心她消失不见。这种失落的预感同恋情相互重合，使得我心里被称为"痛切"和"怜爱"的化学物质挤得满满的，恨不得马上飞奔回家。我抑制着想见她的心情，好歹把当天的工作处理完毕。

这样子，我想，岂不和第一次堕入情网的十几岁少年一个样了？

人这东西，想必是可以无数次和同一对象堕入情网的，而每次都要重返长满粉刺和分外多愁善感的少年时代。

九

"我回来了!"我屏气敛息走进房间。"您回来了!"——泠和佑司的声音以完美的三度和声响了起来。我长长舒了口气。

两人的语声大体相同。不过,我和佑司的语声更为相似,尽管我和泠的语声毫无相似之处。

莫名其妙。

泠给佑司剪发。

她用剪刀把坐在椅子上的佑司的头发咔嚓咔嚓剪落下来。

令人怀念的光景。榻榻米上铺的休闲垫也一如过去。

"巧君,"佑司说,"妈妈给我剪头发呢!"

"像是啊。"

我脱去西装上衣,挂在立柜衣架上。

"哦!"我说,"房间变漂亮了!"

"是的吗?"佑司应道。

"相当不成样子的嘛!"泠说。

"最好别勉强,身体还没完全恢复。"

"不能听之任之吧,作为模范主妇。"

"唔。不过够你受的吧?"

"倒也是。"

我很高兴。与其因为房间变漂亮了,不如说因为这种做法特别像她。她的确是模范主妇。就算失去记忆了,泠也百分之百是泠。这让我高兴得不得了。

"唔——,差不多了吧?"

泠以有些拘谨的笑脸看我。我有一种不妙的预感。

我说了声"怎么样?"走到佑司身旁,查看剪发效果。

"怎样?"佑司问,"好看?"

"嗯,好看……"其实,效果与"好看"有不小距离。

前面的头发在额头很往上的位置勾勒出不工整的弧形,脑袋右侧剪得太短了,有两处露出头皮。转到后面一看,那里也有一处头皮清晰可见。而且,发际比应在的位置偏高许多。

就好像光头小孩儿稳稳扣着一顶绒线小帽。

照实说,他显得傻里傻气。

"我倒是说手有记忆了……"

听我这么说，佑司不安地问："什么？"

"这东西到底忘光了不成？"泠说。

佑司再次问："什么？"这回声音比刚才多少大了些。

"下一个轮到你了。"

也许因为我现出害怕的神色，她慌忙补上一句：

"不要紧，给乖儿子剪的过程当中，大体掌握了要领。"

"什么呀，那？"佑司又问。

这么着，往下我势必坐在佑司位置上。

被解放的佑司赶紧跑去洗漱室。

"哇——"旋即安静下来。

"那，就麻烦你了。"我边说边察看洗漱室的动静。

"别动。"她说，"动了会把头发以外的地方剪掉的。"

这话听得心脏不好的我全身陡然一缩。

"不过，你这卷毛发可真够厉害的了。"

"从小就被叫作邓波儿①。"

"邓波儿？"

"嗯，秀兰·邓波儿。对了，《小公主》不知道的？"

"不知道。也许仅仅是忘了。"

"倒也是，半个世纪以前的儿童演员了。"

---

① Shirley Temple（1928—2014），美国电影演员。三岁走上银幕，六岁出名。曾获奥斯卡奖。

难怪，她笑道。

这么说来，以前也同样问过，也给她笑过。

（那么，到了 2050 年，我要问你可知道薇朵儿·希维索①？）

不用说，是《小孤星》里的那个有名的小演员。即使到了 2050 年，我们也肯定在一起，我这么朦朦胧胧想道，哪怕两人都老得一塌糊涂。

幸福时代的微笑花絮。

"啊，剪完了。"

我战战兢兢往她拿来的镜子里窥看。那个神情紧张的男子也从镜子里看我。尽管不够整齐，但发型基本不怕走到人前。样子颇有点儿像席德·维瑟斯②。如此说来，如今他也是"Archive 星"的居民了。

"的确，"我说，"的确像是掌握了要领，这回不要紧了。"

"我可怎么办？"佑司问。

他已戴好上学用的黄帽子。

"没问题，可爱得很，谁都要爱你爱得不行。"

---

① 在电影《小孤星》中，四岁的薇朵儿扮演失去母亲的幼女波纳特。波纳特坚信母亲还会回来，孤独地等待母子重逢那一天的到来。

② 原名约翰·西蒙·里奇，朋克乐队性手枪的贝斯手。

"是的吗？"

"是的。嗯？"

听我这么说，泠显得十分狼狈。

"对不起，佑司。"她说。

"不过爸爸说得对，样子是不够好，但谁都会喜欢你的。"

"妈妈也？"

"当然。只看你一眼就胸口怦怦直跳。"

"那就行了。"

佑司脱掉帽子，紧贴头皮的琥珀色头发，看上去比刚才还像针织帽。

可是，的确可爱。这是儿童不可思议的地方，一种魔法，可以让缺点相反变成魅力，即使唯独对父母有效的魔法。

泠让我们在她做饭时间里洗澡，我就和佑司走进浴室。

"妈妈以前本来很会的……"佑司边脱衣服边说。

"很会？"

"剪头发嘛。"

"啊，那是。到底忘掉了，剪发也忘了。"

"是的吗？"

"肯定。"

"可怎么做饭是记得的吧?"

"啊,那么说倒也是。"

的确是的。

记忆是怎样进行取舍的呢?同关于我和佑司的记忆相比,莫非做饭方法对于她更是理应保存的重要记忆?

果真那样,我们就成了比蛋卷饭和奶油炖菜更脆弱的存在。这太过分了,肯定有其他原因。

我决定这么想。

我边给他洗头边问:

"妈妈在可高兴?"

佑司想了一会儿,低声回答:

"不清楚。"

没想到他这么回答,我有点儿吃惊。

"为什么不高兴呢?"

"因为,"佑司一边擦额头上的泡沫一边说,"妈妈住在'Archive 星'上的呀。"

"那倒是。"

"所以,早晚还是要回那边去的吧?"

"可是,喏,妈妈忘记回去了……"

佑司缓缓摇头。

"就算妈妈忘了,也一定有人来接的。什么故事都是那样子的，最后都要回去。所以，"佑司说，"总好像想哭。"

这么幼小的孩子都明明白白，明白想念自己喜欢的人的时候，那种感情必定伴随别离的预感。他已经学得了一回。

"假如真是那样，"我说，"眼下妈妈能在这里，还是很幸福的事，可得珍惜时间才行。"

佑司点头答应。至于他实际怎么想的，我无从知晓。

我一边往头上冲水一边对佑司说：

"再啰唆一遍，妈妈可是一直和我们在一起的哟，一次也不曾离开。"

"知道。"佑司说，"总觉得妈妈有点儿奇怪。"

"是啊。所以，往后可就更要小心些了。"

"知道的。"

"那好，OK，出去吧。"

佑司一走出浴室，就大声对泠说：

"妈妈，我出来了，擦擦身子呀！"

得得，我心想，一年时间好歹教会他差不多自己做自己的事了，这下又回到了原来状态。

我从浴室出来时，佑司正穿一件儿童用的肥肥大大的白色短裤，让泠掏耳朵。脑袋枕在端坐的泠膝头，闭着眼睛，漾出幸福的笑容。

"好厉害的。"泠说，"这孩子的耳朵里好像够厉害的。"

她问我是否好好掏过耳朵。我想了一下，答说没有。

"以为他自己总会想办法掏的。"

"六岁孩子很难的。"

什么呀这？怎么回事呀？——她这么嘟嘟囔囔之间，喉咙忽然"嗬"了一声，再无动静了。之后，矮脚桌上"咔"一声响起干巴巴的声音。

"巧！"她招呼我，"过来呀！"

我一边用浴巾擦头发一边走到两人跟前。

"什么？"

她指着矮脚桌，我凑近脸，凝视那里的东西。

像是黑田螺什么的。拿起来一看，表面硬硬的。

"莫不是，"我心惊胆战地问，"在佑司耳朵里来着？"

泠以口里含着苦东西那样的表情点了下头。

"哇！"我把田螺扔开。

"哇！"佑司叫道，"巧君，你声音太大了！耳朵痛。"

他用小手紧紧捂住自己的耳朵。

这下明白了。

明白了他为什么平时总是一会儿一个"嗯？"一会儿一个"哦？"，一切都是这一层层成了化石的耳屎造成的。他小小的耳孔里当宝贝似的攒了一年分量的耳屎（说起来，他有个什么都攒的毛病，工厂螺栓也是这样）。

随后，另一侧耳孔里也出来了同样的田螺。

过于灵敏的耳朵弄得他不愉快起来。

"哇,怎么搞的?""这么别扭!""好吵啊!"——如此嘟囔了好一阵子。

这么着,泠把一年来跑调的音阶一个个校准。就记忆来说,连生命都不具有的她也比我健全得多,这是怎么回事呢?想必她是非常特殊的存在。

对于我和佑司,她是位传奇性女子。

十

晚饭后,三人出去散步。

泠虽然头痛仍在持续,但她希望出门,说吹吹夜风可以多少缓解头痛。我有点犹豫,转念一想,在夜幕的庇护下映在别人眼中的只能是我们的剪影,最终决定带她出去。

我们在仿佛染成浅墨色的淡淡的天光中走着。细细瘦瘦的月亮挂在树林棱线的上方。随风摇颤的稻田水面摇出一幅幻象。

"凉快呀!"泠说,"接连下雨的关系。"

佑司和泠手拉手走在前面,我稍离开些跟在后头。我也有手拉手的朴素欲望,但当然不能说出口。我多少有点儿嫉妒佑司,我做不到的事在他那里手到擒来。

"那么,"她说,"你身上的问题是什么呢?你是说过后讲给我了吧?"

"啊,说了。"

路在水渠那里到头了,我们向左拐去。铁道口的信号在很远的前边一闪一灭。

"我想先讲一会儿我们两人的事。"

"嗯，好的好的。"

我加快脚步和她并排前行。

"说起来，"我开始讲述，"上高中的时候，我们还不是恋人。"

"因为我戴眼镜，又瘦得不成样子，是个无趣的模范学生，对吧？"

我眼看前面笑了笑。

"不过么……"

"哦？"

"瘦眼镜、又瘦得不成样的无趣的模范学生可是正合我口味的。"

"是的吗？"佑司问。

"不错。只是，那时候根本没想要和那样的女孩子谈恋爱。"

"你想找人谈恋爱？"泠问。

"是的。看漏那种信号了。"

"我？"她问，"你知道当时我是怎么看你的？"

"彼此彼此。因为我这人有点儿怪，有传闻说我讨厌人。你也根本不会想和这样的男孩子谈恋爱。"

"我那么说来着?"

"嗯。"

"都够晚熟的了,居然都那么想。"

"呃,那可是国宝级的晚熟哟!"我说,"还有,那时我们迷上了课外体育活动,你又蹦又跳的。"

"艺术体操吧?"

我点头。

"我么,围着四百米椭圆形一圈圈转个没完。"

"有意思,那个?"

"有意思。又是极有普遍性的行为。行星也好电子也好,都一圈圈转个没完。"

"真是那样?"

"正是那样。"

我们穿过不大的铁道口。路贴着水渠,无限伸展开去。泠凝目注视暮色苍茫的前方。

"远处景色模模糊糊的。"泠说。

"是吗?"

"最近我没戴眼镜的?"

我"啊"一声,赶紧接道"不不"。

这个我早已忘了。泠平时用的是隐形眼镜,休闲的时候也有时戴普通眼镜,但什么也不戴是极少有的。视力应该只有零点四或零点五。

我开始说谎：

"大概没戴眼镜的吧。喏，又不是上课要看黑板，又不开车。"

"可看东西很吃力。眼镜有的吧？"

"应该哪里有。过后找找看。"

"求你了。"

看情形，"Archive星"上面没有提供隐形眼镜。

"啊，总而言之，"我把话拉回，"高中时代我们比五岁小孩还晚熟，交往一直和恋爱无缘。"

"比我还晚熟？"佑司问。

"是不是呢？……"我应道，"说不定真是那样。"

"晚熟指什么？"

"指成长慢。"

"哇，"佑司叫了起来，"你们那么小啊！"

我和泠对视一下，哧哧笑出声来。笑罢，对她这样说道：

"改变我们关系的转机，是毕业典礼那天一件很小很小的事。"

毕业典礼。

我们本应在没意识到两人可能再不会相见的情况下不再相见的。分离这东西大多如此。

不料，相反的情况发生了。

典礼结束，回到教室参加完高中生活最后一次课外活动，一切至此结束。这时转机出现了。

我正把书桌里的垃圾（快餐店优惠券啦糕点赠送券的拼图啦雪糕棍等等）一个接一个扔进运动包，你从邻座打了声招呼：

"秋穗。"

"什么事，榎田？"

"往这上面写句话吧！"

说着，你递过来的是那种留言册。毕业那天，很多很多留言在同学间传来传去。可是，找我留言的只一个人，只你一个。除了你有谁找我留言呢？

"好，给我。"

我接过你的留言册，略一思索，在上面写一句短语：

"在你身边很愉快，谢谢！"

这是对你找我留言的回礼，也是对下意识从你那里接得的化学物质的回答。

对我的留言你这样回答的：

"在你身边我也很愉快，谢谢！"

随即我们告别：

"那么，再见！"

"呃，再见！"

我手提塞有毕业证书和垃圾的运动包，离开教室。

"那么说，不是什么也没发生么？"

"不，在后面呢。"

毕业后大约过了一个月，你来了一封短信：

"你的自动铅笔在我这里，怎么办啊？"

我叫道："原来是这样！"

一个月时间里我一直在找。我这才意识到，递回留言册的时候把自己的自动铅笔夹在了里面。怪不得哪里都找不到。

若是普通的自动铅笔，倒不至于这么在意，可那不是普通的自动铅笔，是我十岁时作为生日礼物第一次得到的自动铅笔。可以说是养育我的母亲的姐姐即我的姨母给买的东西。

对于生来第一次别人给买的东西，我想任何人都格外珍惜。第一块手表、第一张CD……所有这些东西我都好好保管着。

因此，我马上回信：

"宝贝东西，马上去取。"

若让你寄来，不但麻烦，你还要花钱，我觉得那样不好，所以打算去取。不料，你回信这样写道：

"现在住宿舍。回家时再联系。"

终归，取自动铅笔的事推迟到了暑假。

一来只要晓得在哪里就不用急了，二来我也有个小小的愿望，想见见成为大学生的你。

上大学后两人也参加了课外体育活动，不是比赛就是集训，日程总碰不到一起。好歹得以重逢，已是暑假快要结束的九月七日以后了（那天是 Labor Day①，所以清楚记得。我把美国的节日全部背了下来）。

我们在位于两家中间的电车列车站碰头。我提前五分钟到的，而你已经到了。

在人群中发现你，我被一种无法形容的奇异感情俘获了。在那之前我甚至不知晓这种感情的存在。不用说，那是爱。

晚熟的我也终于进入了大人的行列。

最初，我蓦然觉得那是一种"亲切"之感，实际上也感到亲切得不得了。

---

① （美国、加拿大的）劳动节。九月第一个星期一为法定休息日，相当于欧洲的 May Day（五一国际劳动节）。

三年时间始终和我处于半径一米圆圈里的你,早已在我心中极为个人化的位置留下了另一个你自己。那里距父母或姨母所在的场所相距很近很近。我心中的另一个你对能见到你抑制不住兴奋,这点我也清楚感受到了。

何况你还为我准备了一个小小的惊喜。我为之胸口跳得不行,浪潮一样汹涌澎湃。

"惊喜?"
"嗯。"
"什么样的?"
"那个么……"

你的头发长到了肩部。

上高中时你极短的头发,毕业时还那么短,而现在已经长过下巴了。前额头发在眉毛那里剪得整整齐齐,两侧头发挽去脑后,用发卡固定。眼镜虽然换成了隐形眼镜,但那高中时代就已见过了。所以,还是长发最让我惊喜。

看上去你非常有女孩味儿。不再是咖啡勺精灵,而是有温暖肌肤和好闻气味的青春女性。

"我对男孩毫无兴致,别理我"——再不说这样的话了。

我觉得你似乎在说:"看我,喜欢我!"

我这人本性单纯,大凡出现在眼前的——无论什么——全部照收不误。结果,你释放的信号我全盘接受下来。

注意到我,你露出拘谨的笑容,想必你也心里紧张。因为那是我们同异性在哪里碰头的第一次体验。

"你好,很久不见了!"你说。

"呃,实在是很久了。"

往下再没话说了。想了一会儿,我说:

"榎田,你身边的可是秋穗君?"

你当即察觉了。

"不是,"你应道,"他是绒毛熊。"

我们哧哧笑。

上高中的时候,我缺席时有人在我的座位上放了一个绒毛熊,任课老师发现后和你有一番对话。

那时我在田径队活动室一个人看西利托①的《星期六晚上与星期日早上》。

女老师最后这样说道:

---

① Alan Sillitoe(1928—2010),英国小说家。作品主要描写工人的反抗情绪,此外著有《长跑运动员的孤独》等。

"想必是的。作为他来说,毛太长了!"

此事还有下文。

第二天,我的座位上坐着米老鼠。女老师像前一天那样问你,你同样回答:

"想必是的。作为他来说,耳朵太大了!"

那时我也在田径队活动室接着昨天看书。

这种恶作剧多少成了流行。在我不知道的时间里,我的座位上被放了各种各样的绒毛动物。有小熊维尼,有史努比,有唐老鸭。以我来说,有的身子太胖,有的颜色太白,有的嘴巴太大。

认真回答的你十分了得,一一加以评论的女老师也非同一般。

后来你把事情告诉了我,我有些遗憾,遗憾未能当场听到你俩的对话。

反正对于我,那是让人怀念的插曲。

紧张缓解后,两人好歹想起这么面对面站着的理由。

"对了,"我说,"自动铅笔呢?"

"呃,自动铅笔。"

你从带有扶桑花图案的大手提袋里掏出一个绿色信封。

"给。"

你递到我手里。

"当时马上就觉察到了,可你已经走了。"

"唔。"

"后来我忙着搬进宿舍,稀里糊涂没能联系,对不起。"

"哪里,是我马虎。"我说,"再说,现在已经这么回到了手里。"

我从信封里取出自动铅笔,对着光线看。

"姨母给的生日礼物。生来第一次得到的自动铅笔。"

"几岁的时候?"

"十岁。在吉祥寺站买的。"

"噢,在东京的时候。"

"是啊。"

在住在现在这地方之前在东京调布住过。同一时候你住在港区的南麻布。说不定,同时看同一朵云絮来着。

便是那样的距离。

"谢谢你了!"我说。

"不客气。"

尴尬的是,这一来事情全部结束了。就这么分别也没有任何不妥。

可是，还不想分别。

我们在来来往往的人群中面面相觑，继续等待对方开口。我期待你开口，以为你总会有办法说点什么，后来发觉你也好像和我怀有同样的念头。

如果这样，可就真要一曲终了了。

"这个——"我姑且开口了。你以期许什么的眼神看我。受到眼神的鼓励，我得以接上一句。

"不渴么？"我问。

"有点儿热啊！"

口是渴了。

你接连点两下头。

"那么，喝点凉东西去吧！"

于是，两人朝值得纪念的初次约会场所走去。

走到铁道口，我们开始折回。

"头还痛？"我问泠。

"唔，像是轻点儿了。"

"那就好。"

佑司说困了，我背起他。马上听他响起往常那浑浊的入睡声。

这家伙是慢性鼻窦炎?

"睡相够可爱的。"泠说。

"像你,尤其睡着的时候。"

"或许。挺叫人怀念的。"

"就好像想起自己小时候似的?"

"是啊。倒也不是想起了什么,反正就那么一种感觉。"

"还是什么也想不起来?"

"什么也。不过,渐渐可以切实觉得自己是你的太太,是佑司的妈妈了。"

"心里不难受的?因为失去记忆。"

"着急是着急,但焦躁还不至于。耐心等待好了,感觉上。"

"那样就好。"

泠把路旁的小石子一脚踢飞。这是她过去的老毛病。失去记忆后,这种漫不经心的动作也没变化。

"我么,"泠说,"够幸福的。"

"是吗?"

"嗯。因为一开始就和喜欢的人在一起,得到了这么可爱的男孩儿,而且现在也这么幸福地一起生活。"

"是啊。"

你可是幸福的?

我在心中自问。

和这样有种种缺陷的男人结婚,一次普普通通的旅行都不曾有过,就在这小城里送走了短暂的一生。你还会对我说一声自己是幸福的么?

"你呢?"泠问,"你是幸福的?我使你幸福了么?"

"幸福!"我说,"非常。"

我是在天上飞的企鹅。

由于她的引导,飞到了本来无法指望的高度。

星星近了。

从那里看去,地上所有的脏东西、丑东西和恼人的东西,都宛如地毯一般美丽。

这就是幸福。

而她不在之后,我又成了普普通通的企鹅,悲伤降临头上,剩下的是空空的记忆和酷似长着迎风双翅的你的男孩儿。

就是说,我成了不时被悲伤笼罩的也还算是幸福的企鹅。

"让我接着听可好?"她说。

我们躺成一个"川"字,眼望染上淡淡的橙色灯光的天花板。

"好的好的。"我应道,"今晚一直讲到睡着。"

可实际上,我已差不多忘了那时候的事。因为泠事后跟我讲了几次,感觉上才好像真正记住了似的。

事情极为奇妙。

过去泠讲我忘光的故事给我听,现在我讲她忘光的故事给她听,就像唯独两人玩的留言游戏。有可能在一再重复时间里,记忆被润色得比过去的实况还要漂亮,成为梦幻般的记忆。也罢,记忆这东西大体上是这么个玩意儿。

一句话,初次约会的故事。

    两人走进车站旁边一家咖啡馆。

    我要姜汁汽水,你要的是冰咖啡。

    虽然三年时间里一直或左右或前后坐在一起,而面对面坐却是第一次。

    细看你的面庞也是第一次。眼睛是单眼皮,但很大。高鼻梁,薄嘴唇,虎牙。印象可以因人而异,随意变化。

    对于我,觉得那是自小就一直中意的那种女性的长相——爱便是这样的东西。

    "头发长了嘛!"我说。

    "是啊,在艺术体操队,发型要求一样。"

A High Chignon①，你这样告诉我。

"印象好像变了。"

"是吗？"

"嗯，有大人味了。"

你应了声"秋穗君"。

"觉得像变成大人了。"

个子长高了？你问。

"一点点。"

"一点点是多少？"

"一米七七左右吧。是中距离赛跑者最想得到的数字。"

"看上去更高。"

"因为穿了长筒靴。"

高中时代我们见面总在教室里，总是穿拖鞋。不过，我穿的是体育活动室里的保龄球鞋。

保龄球鞋有些说道，是高我几届的同学从附近保龄球馆擅自拿来的。前尖和后跟是靛蓝色的，鞋帮部分是白色，印有"61"紫红色编号。三年时间里我在校内一直穿这双鞋。

穿长筒靴和带后跟的拖鞋相见，这天是第一次。

---

① 大约类似高耸发髻那样的发型。

这么说来，看见穿杏黄色连衣裙的你同样是第一次，看见涂唇膏的你是第一次，看见每次歪脖子都有长发晃动的你是第一次，光说话都觉胸口发慌更是第一次。

发现不是第一次的是很困难的，无论什么都是第一次。

我们在咖啡馆坐了五个小时。

难以相信吧？

到底说些什么来着？

我们都希望深入了解对方。

两人都生性认真，认为深入了解对方是恋爱的第一步。

不能稀里糊涂地握手。连她父母的名字都不晓得就挎胳膊，我认为那是不合适的。

鞋的尺寸和所穿衣服的号码，刚会走路是在出生后第几个月，在水中能憋几秒——只有在这些一一了解之后，恋爱才可进入下一阶段。

互相了解很关键。自己想要了解对方，也希望对方了解原原本本的自己。或许这想法很独特，但我们选择了如此一步步接近的方式。

因此，交谈很重要。谈了五小时，情况也不允许我们哪怕碰碰对方的小手指。婚前我们谈了多少话呢（我才十八岁，你是第一个正式约会对象，而我竟连结婚都想到了。我认为交往就是这个意思）。

反正，我朦朦胧胧地认识到了，即使接吻也要在经历很长时间之后才行。一来心里不急，二来毕竟是终身伴侣，时间绰绰有余。至少，从第一次交谈到第一次约会就已花了三年时间。接吻恐怕也要在三年之后。

我这样想道。

五小时的交谈使得我们多少朝接吻靠近了一步。
接吻时，你那虎牙不会碍事吗？
我看着你的嘴唇，忽然冒出这样的念头。
这么着，日落天黑，到回家时间了。

现在回想起来，虽然可以说那是初次约会，即引来第二步的第一步，但当时是否可以那样认为还没有把握。比之结婚和接吻，安排下一次约会更是当务之急。

走出咖啡馆，我们在车站售票大厅买了车票。那时也还没有提及下次约会的事。走出验票口，下到月台。我乘的车要等五分钟，你乘的车两分钟后到。尽管如此，我们仍在热火朝天地讲企鹅王如何哺育小企鹅。

至于为什么讲起那个,已全然记不得了。不过我对企鹅王如何哺育小企鹅知道得很详细,下次给你讲。

你听得津津有味,可我内心很焦躁。列车来了,又一辆列车开来。

"呃——"我说,"我送你回去,我坐下一辆。"

你那班车旋即进站。

"对了,"你说,"等下一辆不要紧吧?"

你宿舍的关门时间是傍晚六点。六点是对女大学生的关门时间!这一来,根本不可能一起看烟花。

又争取了七分钟,但也转瞬过去。即使给三十天,感觉也是同样。几乎所有的决断都在最后几秒做出。

你那班列车来了,车门打开,月台的乘客蜂拥而上。你跟在其他乘客后面,回头,朝我微笑。这时我才开口:

"嗳,下次什么时候见面?"

发车铃响了,你应道:

"我还回宿舍,"你加大音量,大得不亚于车铃声,"给你写信!"

车门随即关上。

"啊,是吗!"我朝开动的列车说了一句。

不过可以了,毕竟没有一曲终了。终了和开始,差别如出口和入口一样大。入口的里面肯定有什么,肯定十分精彩。

那时的我这样想道。

你的信是一个星期后来的。第二天我写回信寄出。此后又过了一个星期,你的信寄来,这回我隔三天回信。

这是我们的步调。

在热情如火的人看来,也许不紧不慢,但对我们来说正是让人惬意的步调。内向、保守而认真的两人的恋爱静静地、缓缓地、稳稳地走向深入。在这个兵荒马乱的世界上,说不定这是极其奢侈的事。

你入住的世田谷宿舍只一部电话。宿舍门外就有公共电话,但关门时间一过,不允许出门使用。手机还没普及。就算普及了,我们也肯定不会使。

我们厌恶电话。

电话不守规矩、傲慢无礼、强加于人。而且常有不守规矩、傲慢无礼、强加于人的人同我们发生关系——例如推销员、选举拉票员,以及不很要好的朋友要求上课点名代他应声等等。电话和这类人一拍即合。

说起来,世界上第一次用电话发出的声音就是相当傲慢无礼的：

"华生，马上过来！"（当然是贝尔的话。）

暗示了此后电话的性格。

总之，我们不是用电话，是通过写信交流感情。

你的字非常漂亮，优秀生字体，楚楚可怜，让人想起你那又尖又高、语尾有点儿发颤的嗓音。

这使得我有些不好意思。我的字差得难以置信。

如果允许我辩解一句，这同我那顽固不化的父母有关。小的时候，我被强行矫正了左撇子习惯。父母相信左撇子死得早这一不确切的统计数字，把我的左手用绳子一道道缠起来不许使用。别无他法，我开始用不自如的右手握笔、拿筷子、投球和写字。而不准用的左手变得僵挺笨拙，再不灵巧了。结果，现在的我不管用哪只手，写字都同样一塌糊涂。

你的东西里面想必有我的信，不太想让你看的。

"我给你的信也在这里？"泠问。

"在呀。结婚时从父母家拿来的。"

"想看一看，也不知写些什么？"

"平时无所谓的事啦，体育训练啦，未来的理想啦……"

"未来的理想？"

"嗯。"

"大学毕业后我工作来着？"

"是啊。你读的是短大①，二十岁就工作了。"

"选的什么工作？那就是我的理想不成？"

"是的。你成了你想成为的自己。"

"是什么呢？很想很想知道。不能告诉我？"

"你嘛，"我说，"成了健身俱乐部教舞蹈的教员。"

"舞蹈？"

"嗯，有氧健身舞蹈。"

"我？"

"嗯，是你。"

"难以相信。"

"那怕是的。不过么，"我说，"高中时代、大学时代你都练艺术体操来着，从这点考虑，相距并不那么远。"

"啊，对了，我是练艺术体操了。"

"正是。反正你喜欢跳舞。再说你本来就想当老师，所以选了这个职业把跳舞的乐趣教给别人。"

"当别的老师倒像是更顺理成章……"

"教师资格证你是应该有的，但终归选择了教舞蹈。"

"那么说，和你结婚之前一直当舞蹈教员了？"

---

① 短期大学之略，两年学制。相当于我国的大专。

"怀上佑司之前,或者不如说到你觉察时为止。反正婚后工作了相当长一段时间。"

"嘘——"泠叹了口气,"我的人生!"她望着染成橙黄色的天花板,"总好像是……"

"哦?"

"作为我来说,总好像是折腾过头了。自己原本是个老老实实认认真真的学生,这个我有切实感觉。"

"唔。"

"所以,依那样的自己所想象的人生,应该更稳妥更本分些才对。"

"啊,那或许是。"

"而且,不是跟自己喜欢的人恋爱结婚,而是跟相亲或婶母介绍的人结婚——即使那样我也会对自己的人生感到满足。假如从你口里听得我这样的人生,我想我也一定不断点头称是。"

"可以理解。"我说,"毕竟你时常那样说来着。作为我也认为你是够能干的。原本是只能走绝对安全道路的人,岂料意识到时,已经闭着眼睛在没有扶手的窄桥上全力奔跑起来。"

"是那样的?"

"嗯,你蛮厉害的哟!"

"厉害?"

"敢和我这样的结婚，决心非同小可。"

"可是……"

"喏喏，我说了吧，说过后再讲自己的种种缺陷。"

"嗯。"

"包括这个因素在内，你选择的人生绝对不是稳妥而本分的人生。"

"是吗？"

"那已经……"

"那，讲给我听听？"

"等明天吧。"

"骗我。"

"真的。"

"都把人家的心情鼓动到这个程度了……"

"因为说起来话长。"

"不过……"

"我再不抓紧睡觉，明天就干不了活了。"

"才十点嘛！"

"作为我夜已熬过头了。"

"真的？"

"嗯。所以，晚安！"

"晚安！"

"真的这就睡？"

"真的。"

"可是……"

"晚安。"

"晚安!"

"是的吗?"

"哦?"

"佑司说梦话,别管他。晚安。"

"晚安!"

"是的吗?"

十一

正骑自行车下班回家,发现 Nombre 老师和维尼狗走在前面。走并排时就从自行车上下来打招呼。

"Nombre 老师!"

老师停顿片刻,看见我,"噢——"了一声。

(这种停顿,我也很擅长。每次泠都问我:"你去哪里了?")

"下班了?"

"是啊。"

"佑司君挺好的?"

"挺好的。您呢?"

"啊,还可以。人嘛,到了这个年纪不可能什么都没有,十处之中痛五处就算好的了。"

"今天就五处喽?"

"差不多。"

维尼抬头看我:"~?"我说"乖乖",用脚蹭一下它的肚皮。

"小说可有进展?"老师问。

"哪里,近来有点卡壳。"

"哦?"随即他简单含糊一句,"那又是因为什么呢?"

我忽然涌起一股冲动。

"干脆实话实说吧,把泠的事说出来好了"——便是这样一种冲动。问题是,对方能相信吗?

"泠……"我姑且道出一个字来。

维尼表示"~?"。

老师也以同样的神色看我。

"她?"

"是的。"

"是的?"

"如果我说她回来了,您会怎么看?"

啊,老师一副心领神会的样子:"你指小说吧?"

"设定这么一种状况。"我不置可否地说下去,"她活着的时候说过,说到了雨季她会回来的,回来看我们是不是好好生活。"

老师一声不响地听着。

"结果真的回来了。呃,在树林那边的工厂旧址。"

老师现出不无诧异的神情。

"这么着，我把她领回家来，但她失去了记忆。不知道自己是谁，一年前离开人世也忘了。"

"那是小说情节吧？"

"不，是真事。现在还在寓所等我回去呢。"

"泠？"

"是，是泠。"

"就是说……"

"她的幽灵。"我抢先说了。

"不是小说情节？"

"不是。"

老师从我身上移开视线，俯视脚前的维尼。维尼也向上看老师，仿佛议论我的话是真是假。

我默默等待结论。

泠喜欢 Nombre 老师和维尼狗。

在这里开始生活后，我们夫妇最初无拘无束交谈的对象就是 Nombre 老师。去购物中心买晚饭用料回来路上，在十七号公园遇到了老师。已是七年前的事了。

老师从那时开始就已是相当老的老人了，一如事务所的所长。

维尼比现在年轻得多，一举一动仿佛深思熟虑沉默寡言的青年。那时它就只能"～？"。

自那以来，每星期都在十七号公园或长或短互相交谈，不深不浅地交往过来。我们不擅长夫妇和夫妇一起交谈，所以，对我们来说，同老师小小的交流可以说是唯一的社交活动。

老师像疼爱孙女一样疼爱泠，她也对老师怀有仰慕之情。

因此，因此，想在雨季结束之前让两人再见一次，在返回"Archive 星"之前，两人单独地。

想必泠已忘了老师，但见面总会有什么可以相通。为此，就需要先让老师明确把握这一事实。若突然引见，高龄的老师心脏说不定加速跳到规定次数，而后永远沉默。

"那么，"老师开口了，"泠怎么个样子呢？"

老师想以奇特的手势表示什么。估计想问是不是有腿。

"正常。"我说，"和以前的泠一模一样，外貌也好性格也好声音也好气味也好。只是记忆没了。"

"是这样啊。"老师似乎放下心来。

"能见见她？"

听得我问，老师轻轻点了好几下头。虽然和平日的颤抖没多大区别，但无疑是肯定的表示。

"那么，"我说，"明天在十七号公园。"

"老时间？"

"是的。领去。"

"好好,我一如往常在那条长椅上。"

"明白了。"

随后,我向老师和维尼道声再见,重新跨上自行车往自己家骑去。

十二

对幽灵妻产生情欲,能是正确的么?

这也是个相对问题。就是说,我所以有那样的心情,是因为她是那样的。所谓她是那样的,意思是说她尽管是幽灵,却具有健康的身体,异常妖艳。那身体如同那种化学物质,向我们男人发出无声的信息。

"喂喂,看呀,我是多么成熟,什么时候都能为你生孩子!"

鼓胀胀的胸部、紧绷绷收拢的腰肢在这样诉说。无比丰满的臀部仿佛在说:"让我来好了!"

然而她是幽灵。

幽灵不生孩子。

而若这样,为什么这般妖艳呢?

正往玻璃杯倒水喝时,瞥见刚淋浴完的泠正给佑司擦身子。

我们住的房子，洗漱间连着卫生间，在那里边脱衣服。中间倒是有卷帘，但从没往下拉过。所以，两人的样子从我这里看得很清楚。

她没有设防，一丝不挂地用浴巾擦佑司的身子。

很久没看过她的肢体了。只记得她好像很苗条，但她的乳房——尽管不大——随着她弯腰正在摇颤。而且，到底当过舞蹈教员，臀部也十分发达，似乎在说："让我来好了！"

幸福的记忆苏醒过来，柔软的、带有热气的记忆。

我"咕嘟"一声咽下口中的水。

泠扬起脸看我。

并没显得怎么慌张，慢悠悠捡起浴巾挡住自己的身体，目不转睛地看我。看得我羞涩地笑着从那里离开。

过后她这样说道：

"还要等一等的。"

"嗯？"

"还没做好心理准备。是你的妻子这个实感是有了，可单单这个……"

"啊，那个事？"

"嗯，那个事。"

"千万别介意，因为你愿意的事就是我愿意的事，你不愿意的时候我也不愿意的。"

"真的？"

"真的。"

"不过，"她说，"刚才你看我裸体时的眼神，透出愿意的意思，是吧？"

"啊，抱歉。那是记忆做出的反应。"

"记忆？"

"不久前和你之间的柔软的带热气的记忆。"

前一半是说谎，后一半是实话。

"是吗？"她现出梦游般的眼神，"我们，那个事……"嗫嚅了一下，随后快速接道，"可顺利的？"

"那已经……"

"是吗？"

"那已经……"

那年冬天，过年后的第一个星期一，我们见面了。

第二次约会。

"三个多月没见了。"

泠在桌子对面开口道。佑司全神贯注地看电视上的意大利语讲座，他特别喜欢上面那个当老师的阿姐。

"可是交换了很多信。"我说，"怎么说呢，感觉就像一直隔着门交谈似的。所以,这天好像啪一声把门打开了。平时总是觉得你不在身旁。"

"法查莫,美塔、美塔!"佑司叫道。

"什么?"

"我们一人一半,上面说。"

"啊,是吗?"

这回碰头地点同样是车站售票大厅。

上次提前五分钟来你都已经来了,这回我提前十五分钟。确认没有你的身影,我从包里掏出小开本书,看了起来。冯内古特(此时的他下面已连上"junior"[①]字样)的《泰坦妖女》,已是第三次看了。前两次都是看到最后场面哭的,这次又掉了眼泪。我是为马拉凯·康斯坦特掉泪。

"秋穗君?"扬脸一看,你站在眼前。

"哭了?"你问。

"嗯,哭了。"

"哭什么呢?"

我举起《泰坦妖女》给你看。封面画的是带着项圈的狗的骨架。

---

① 意为少年。

"哭这个?"

我点头。

那以后很长一段时间,你以为这部小说写的是爱犬死掉的伤心故事。

看表,距碰头时间还有十分钟。我们朝上次去的那家咖啡馆走去。

"那么说来,"你说,"你总是看书的,休息时间也好自习时间也好。"

"那是。"

"我也喜欢看书。不过我专门喜欢福尔摩斯和罗宾①。"

知道,我说。

"当真?"

其实我观察你已超过了你的预想。

"这件马海毛毛衣……"我说,"很好看嘛!"

谢谢,你说。

进咖啡馆点了东西,我从包里取出礼品包放在桌上。

"马上就是你的生日了,"说着,我把礼品包推到你面前,"生日礼物!"

---

① Arsène Lupin,法国作家勒布朗在其侦探小说中塑造的一个侠盗英雄。

你一副喜出望外的样子,交替看着我和礼品包,说真高兴。

"这么从男人手里得到礼物是头一回,谢谢!"

打开看看,我说。

包装纸用的是父亲作为新年礼品得到的糕点的旧包装纸。打开一看,一股香草味儿扑鼻而来。

"这是我?"你问。

"是,是你榎田泠。"

那是装在廉价塑料框的A4尺寸钢笔画,用黑墨水和钢笔画的你的背影。不知为什么,想画你的时候,脑袋里浮现出的只是你的背影。我想,肯定是因为我太喜欢你的长发了。

我是这样的卷毛发,就很向往漂亮的头发,怕是一种拜物教吧。在生物学上,要比被高后跟骡子吸引正确得多。

"太高兴了!好好留着。"

如今想来,能为那么便宜的礼物真心感到高兴的你实在难能可贵。一共还没花上一千元[①]。一心扑在体育活动上面的学生穷得让人难以置信。即使小学女孩儿恐怕也不至于为这样的礼物高兴的。

---

① 日元。

很会画画呀,你说。

"想上美术大学来着。"

"为什么没上呢?"

"眼睛。"我说,"眼睛不大好。色盲,分辨路口信号都很吃力。"

"不知道的。"

"连我都不知道,以为大家看的是和我同样的世界呢。"

"真的?"

"嗯。所以老师要我别再想了,劝我当普通职员,当职员倒没有任何不妥。"

可惜呀,你说,本来画得和照片一模一样的。

从这时开始,你就很善于用不经心的话语提高我一点点的自负。重要的是,你并没有意识到这一点。

你下意识说出的话语,让我感到多么自豪啊!

你说自己也要送礼物。

都已过去了,我的生日和圣诞树。

针织的护耳。

"跑步冷的吧?所以送这个。"

"谢谢,"我说,"很高兴。"

的确高兴。

所以，现在也好好保留着。

针织护耳。

你送的最初的礼物。

"这天我们也谈了五个小时。"

"说话越多，我们距离越近？"

"肯定。"

"真的？"

"这天我们握手了嘛！"

"厉害？"

"是吧？"

"决心不小啊，了不起！"

"也没那么严重。"

等车时间里，见你往手上哈气取暖，我就问：

"冷吗？"

"嗯，忘掉手套了。衣服又没有口袋。"

果然，你的马海毛毛衣和方格长裙都没有口袋。毛衣下面看得出左一件右一件穿了几件，但外面没有风衣或夹克衫。

"那，插我的衣袋吧！"

你抬头看站在你旁边的我的脸，又收回视线，再次往手指上哈气。有几秒钟仿佛是犹豫的沉默，之后你说：

"那么，就打扰了。"

于是你把左手伸进我短大衣的口袋。我的右手已经在里面了，两人的手必然碰在一起。你的手的确很凉，细细小小的，孤单单的感触。我情不自禁地在衣袋中握紧你的手。你的手指像小动物似的动了一下，随即慢慢放松下来。

"这样子，我就成了捕食动物，把钻进自己窝里的小动物捕住了。"
"呃，是那么一种感觉。我被你吃掉了。"
"多谢款待！"

左手暖和之后，我们换了站立位置，这回温暖你的右手。

"请，请到左边衣袋来。"

由于是第二次了，两人都已放松。第一次是你的左手和我的右手相碰，这回是你的右手和我的左手相遇，但大体和第一次没什么不同。完全不出所料。

"我可是一点儿都没坏心。"

"可能。"

"是吧?"

"呃。"

泠浮现出不无拘谨的笑意,然后向我伸出手。

"你的手!"

我伸出右手,碰她的指尖。

"这样?"

"嗯。"

她轻轻攥了一下我的手。

"热乎乎的。"

"那怕是的。"

"想这么一点点习惯你,像十八岁时那样。"

喜欢你的,她说。

没有来由地(其实来由很充分),我胸口快速跳了起来。

"想必喜欢这个记忆还多少剩下一点儿,"她说,"所以才会这么握你的手。"

她放下视线,表情有些羞赧。

"所以能这么大胆,是因为知道了我是你的妻子,知道我们曾相爱结婚,一直这么手碰手,还接吻来着。"

对吧?

"再等一等。不说再等三年,仅仅三天就能握手了嘛。"

到了明天，交往应该能更深一步。"

"不急的。"我说，"按你的愿望做好了。"

"我的愿望嘛，就是尽快找回普通的生活。想作为你的妻子、作为佑司的妈妈好好做下去。"

"已经做得很好了。"

"还想做得更好、更自然。"

知道？她问。

"知道什么？"

"这么相碰的我的手指在不住颤抖。"

"好像。"

"毕竟，"她说，"等于有生以来第一次和男人手拉手，紧张得不得了。"

其实我也差不多。虽然没达到泠那个程度，但终究有一年空白。时隔一年接触妻的手，到底使我相当不安。

客观地看，相伴六年的夫妇仅仅握手就红脸或许有些滑稽，可我们是认真的。有时候，再没有比认真的人在别人眼里显得更滑稽的了。

"法查莫，波科、波科！"

突然，佑司的声音传来。

两人一惊，赶紧松手。

"往下怎么办？"

"我们一点点分,还不是……"

"啊,是,是。"

泠不但认真,而且很实际。较之为失去记忆而百般烦恼,她更倾向于接受现实,做好自己应做的事情。这很像她。她照料佑司,做饭,这个那个忙个不停。

无可挑剔。

只是,她是幽灵。

迟早要离开这个世界返回。她不知道这点只知道拼命努力,这让我心里有些难受。

她不知道。

不知道自己一年前就死了,不知道不久将有第二次离别到来。

十三

啪!

我睁眼醒来。

看床头闹钟,两点三十五。有点儿凉。窗外传来啪啦啪啦下雨的声响。

我习惯性地查看旁边的佑司。

他睡得很香,鼻子发出"滋滋"的声音。双手像高呼"万岁"似的举起,我把它放回被窝。

泠不在。

我爬出被窝,走去厨房。洗碗槽的小灯照着她。她坐在椅子上,怔怔注视自己的指尖。

发觉是我,扬起脸来。

"对不起,吵醒你了?"

"哪里,不是的。有个心眼不好的家伙,把我正做的梦打断了。"

我想用拇指和中指"啪"打个指响，但实际响起的却是摩擦声，只好用嘴说了声"啪"。

"这样一来，"我说，"就好一会儿睡不着了。你呢？"我问。

泠缓缓摇头。

"说不清。这个那个想着想着，睡意就没了。"

噢。

"这里凉哟！"

我催促她移到同厨房相连的房间，把靠垫"砰砰"拍几下递给她。

"请。"

"谢谢。"

我们分别靠着大靠垫并排坐下。隔壁卧室洒来的柔和的灯光隐约照着我们。

"不着急的。"我不由得自言自语似的说，"噗、噗。"

"噗、噗？"

"一点点、一点点做下去。"

"是啊。"

"啪啦啪啦"的雨声中夹杂着"咚、咚、咚"的大水珠声。声音有条不紊，仿佛永远持续下去。泠微微颤抖身子，透出僵僵的叹息。

"冷？"

"有点儿。"

我轻轻伸出胳膊,搂她的肩。

隔着棉质睡衣,感觉出她柔软的肉体。

"谢谢。"泠说,"好温暖啊!"

"这话,"我说,"久违了!"

"是吗?"

"嗯。过去你也同样这么说过。"

"被你搂肩的时候?"

"嗯,在非常非常宝贵的夜晚。"

"那时的事我还没听你说过?"

"没有。"

"告诉我,我想知道。"

"那好,这就告诉。"

事情发生在二十一岁时的夏日夜晚。

我们时隔一年再次相会。

"再次相会……"

"嗯,那以前一直两相分离。是前一年夏天分开的。"

"我们?"

"嗯。"

"尽管那么认真地和你相处?"

"是的。"

"骗我。"

"不,真事。"

"发生什么了?"

"跟你说过,我这人有很多缺陷。"

"嗯,说过后讲给我。还没讲呢。"

"这就讲。说到底,那是一切的开始。"

同事情的重大程度相比,开始还算平稳的。

总也不退的低烧。又没感冒,偏偏有37.5摄氏度左右的低烧久缠不放。

实际上身体没问题。尽管不是赛季,但跑八百米早已超过自己最好的成绩。自己的体能提高到前所未有的水平,脑袋也清醒得不得了。

那段时间的我几乎不摄取食物,即使什么都不吃,月亮和太阳供给的动力也足够了。睡觉也没必要,较之轻松,休息带来的更是痛苦。反正,像被什么推动似的持续运动不止。

练习量每天超过六小时。

不吃,不睡。过了年,我持续奔跑的距离足以到达马里亚纳群岛。

接下去,一下子坏掉了。理所当然的结果。

四月第二个星期六。

我出现呼吸困难,被送进医院。总之,这时第一次按下开关,阀门打开,而水准仪不再摆动。

无论什么事,第一次由于没有过去的体验可以参照,所以感觉格外严重。我以为必死无疑。这么一想,就担忧得要死。

初步被诊断为肺炎或支气管炎,拿了比当时吃的食物量还多的药离开医院。但三天后再次发作,慌忙返回医院。事后很久我才知道,这是制作我的设计图上的差错,是脑内重要化学物质分泌紊乱造成的。

我去了几家医院,诊疗卡多得简直可以做魔卡游戏。每家医院都要我讲述病情,每家医院都要抽血,每家医院医生都拿不定主意。

看来得不出确切的结论——这是我这段时间给自己下的唯一结论。病的名称固然没有明确,但种种缺陷已实际摆在那里。

不眠之夜接踵而至。本想通过睡眠摆脱痛苦,但偏偏失眠,而失眠又进一步加重了痛苦。

从房间走到外面都成了一大困难。起初离家二百米都做不到(去医院很久之后才开始)。

从相距一百米的位置看自家房子,遥远得就像从距太阳最远的冥王星看太阳。而一旦超过二百米,我就像离开太阳系的宇航员一样心慌意乱,坐立不安。结果,我犹如投出的皮球乘势返回原来位置。

不用说,大学上不成了,前途相当黯淡。

和你约好第三次见面的时间,但我没办法赴约。只告诉你自己不方便,暂且讲定夏天相见。

"没有告诉我身体不好?"

"嗯,没有。毕竟和一般病不同,很难讲出口。"

"告诉我就好了!"

"坦率地说……"

"嗯?"

"当时我已准备放弃你了。"

"放弃?"

"嗯。与其说前途黯淡,不如说没有前途更合适。假如有,也只是由父母养活,在家庭菜园里种西红柿罢了。"

"可是……"

"那时真是那么感觉的。知道正在发生的某种不妙的事,知道有什么已发生无可挽回的变化。所以,"我说,"不把你和我这样的人生捆在一起。不过是握手罢了,你还怎么都来得及。"

我把自己现在仍有的种种缺陷讲给泠听。

我记忆力差劲儿得很。

短期记忆尤其成问题。这大概是因为脑袋里称为海马的那部分出了毛病。所谓海马，就是海象，莫非哪个人脑袋里都有小小的海象？倒是怎么都无所谓。

此外，我还有很多事都做不来。普通人普通做的事，在我看来怎么都不普通。

离开家就是一例。最初二百米都离开不了，后来好歹延长了一些。开始吃对这种病比较有效的药的时候，一时可以去相当远的地方了，如今顶多半径一百公里。

不过，我并没有手段去那里。

我不能乘电气列车，不能坐公共汽车。飞机也好潜水艇也好宇宙飞船也好都坐不成，就连迪斯尼乐园的电瓶车也敬而远之。超过二十层的大楼爬不了，地下室也去不了。电影院、剧场、音乐会都不能去。

有点儿事就担心得不行，对什么都格外感到不安。依我看来，在这个危机四伏的世界上活得那么若无其事的人是相当莫名其妙的。

一口气上不来就会窒息而死，然而人们无动于衷，连呼吸本身都忘个精光，实在太麻木不仁了。统计数字表明，每天都有几百人死于交通事故，然而人们坚信唯独自己不在那数字之内，依然我行我素地东奔西跑，简直是自杀行为。在大街上放开小孩的手不管,那种粗心大意实在难以理解。

声明一句,我和那些醉汉不同——醉汉以为自己不支撑,大楼就会轰然倒塌。

"是吗?"
"不是吗?"
"大概是吧?"
"不是的?"

也罢,算了。承认自己的确神经过敏好了。那都是化学物质惹的麻烦。

总而言之,我便是带着这种种样样的缺陷活着。

大学勉强上了,但最终没等上三年级就自动退学了。借助药力,活动范围诚然扩大了,但我知道那不过是一时性自我安慰罢了。药这东西很快就有了适应性,效果随之减弱。原先每次都换新药,后来我不再换了。从身体外部获取的化学物质,对于分解和过滤它的器官是极大的负担。我这器官又不是多么高档的器官,早就受不住求饶了。

夏天很快到来。

那时我骑的是125CC低座小型摩托车。其实十七岁时我就取得了中型摩托车的驾驶证。这么着，我们在你家住的地方的站前碰头。

这时我在摇摆——在必须使你远远离开我的念头和渴望得到你的心情之间剧烈摇摆。因为没有把真相告诉你，你很可能对我的言行感到困惑。

我让你坐在小摩托车的后座上，开去相距很近的体育公园。你第一次坐摩托后座，死死扒在我身上不放。开到公园时，我的后背和你的前胸已经大汗淋漓了。倒是让人心跳的插曲，但已记不清是什么感觉了。想必是情况不允许的缘故。

我们并排坐在公园露天体育场的台阶上。

也就在一年前，我在这座体育场的跑道上创造了传统对抗赛的大会新纪录。国内比自己跑得快的人是两位数，计划两年后使之成为一位数。

而现在，走五分钟都喘不上气。

妙！

我对你采取了冷淡态度。我不是个能将自己伪装得足以采取冷淡态度的人。只是使答话稍微慢一拍或声音低一点儿或不正面看你，顶多做到这个程度。

尽管如此，你还是马上察觉我态度的变化。而你又绝不会问个中缘由。因此,你的话也很快变少了,最后俯下头去。

有意疏远你。

如果可能,最好由你主动离开我。比如喜欢上我以外的什么人等等。那样一来,不久你就会把我忘掉。

但愿。

我一个人活下去。

不,实际上我一个人无论如何也不可能活下去的。将在父母照料下静悄悄地生活。

并且不时想起你,心想你怎么样了呢。就那么一边在小园子里看着西红柿长大一边变老。

我是这样想的。

所以必须在这天画上句号。

我决定做出对和你在一起感到百无聊赖的样子,故意长吁短叹,或者以不经意看表的神态故意看表。还有时装作对你试图提起的话题毫无兴致的态度。

"宿舍里有个女孩挺怪的。"

"是吗?"

"嗯。"

于是你嗫嚅起来——因了我的语声显得装腔作势。

"什么样的女孩?"

"这个——说自己的理想是当宇航员。"

"哦。"

"所以嘛……"

再次欲言又止。

"所以?"

"每晚刷牙刷一个小时。"

"何苦?"

"说有虫牙当不了宇航员。"

"真够可以的。"

便是这样的感觉。

往下又是沉默、叹息、看表。

讨厌的家伙。

如此反复几次,之后你彻底沉默下来。两人久久一声不响,就那么在水泥台阶上坐着。

我们在体育场遮阳棚下的阴影中。小孩子们在体育场四周骑着自行车跑来跑去。

我知道你努力不让眼泪掉下来——低着头,微露虎牙的嘴唇紧紧闭合。你在克制自己。

我再次叹息一声。连自己都没想到竟会这样,可还是做了出来。

"回去吧?"我问。

你照样俯着脸,点了一下头。

还不到一个小时。和来时一样我让你坐在摩托车后座上,奔向车站。

你一言未发。

到了车站,我问你:

"不送你回家也可以的?"

"不要紧。"你说,"就在前面。"

"噢。"

就那么当即离开那里,自然再好不过。问题是没办法离开。我到底需要你,想和你在一起,希望你的心情没有因为我的态度那么冷淡那么让人讨厌而发生变化。

我是个矛盾的存在,人格被自虐心理撕裂成两个。因为喜欢你而想疏远你,又因此而想得到你。

我们不声不响地久久并肩站在站前人行道上。

"下次能什么时候见?"想必放心不下,你第一次问我下次约会时间。

"不知道。"我回答,"忙啊,这个那个的。"

"是吗?"

"嗯。"

你从我身上移开眼睛,仰望蓝得不得了的天空。

"写信给你。"你拿出最大的勇气说。

信位于两人世界的中心。如果连这个都拒绝,两人间的亲和力势必土崩瓦解,你当即失去依靠。

我恐怕还是应该拒绝的。我不适合在你身边,在你的身边应该不是我的某个人,温存、坚强、健康,那样的人才适合你。

可是,"我等着。"我说。

"等着。"

此外我又能说什么呢?

"原来我什么也不知道的啊!"仍被我搂着肩的泠身体颤抖不止,"连注意都没注意到!"

"因为我希望你那样。"

"早告诉我就好了,我一定……"

"你可是个十分认真的人,"我打断泠的话,"例如责任感什么的,光凭这个你也是个能够陪一个人度过一生的人。"

"怎么可能……"

"我知道你,不仅知道你会这样,我还知道,即使我对你讲了我的种种缺陷,你也一定会继续喜欢我。"

"一直喜欢你的。"

"嗯。不过,拉你陪伴我这不怎么样的人到底是不合适的，当时我这么认为。喜欢归喜欢，可那未必幸福。"

"那不会的。互相喜欢得不得了，而且永远喜欢下去——你说这哪里不幸福呢？"

"是啊。可那时的我没办法那样认为，我觉得幸福这东西肯定是有形的东西，有眼睛看得见的形状。"

"瞧你说的，让人伤心。"泠说，"幸福原本就不是能够数点或测量的东西。"

"唔。"

若是现在，我也明白。

若是和你生活了六年的现在，在已失去那些日子的现在。

"我要一声不响地从你的人生离去，不动声色地，静静地，轻轻地，像朝阳的小水洼，就那样悄悄消失。而且，实际上我也是那么打算的。"

和你的通信持续下来。

你写一如既往的普普通通的日常光景，我相应回信。我有意一点点延长两信之间的时间。起始相隔一个星期，后来变成十天，再变成十五天。

一点点消失。

若是佑司，想必这样说：

波科、波科。

冬天你回来后，我也找种种理由避免和你见面。但是我大白天躺在床上想的全是你。一遍又一遍看你的信，从字迹中推出你的面庞。

那时我的状态已相当严峻。去了几家医院，但没找到可以把我复原的医生。

也有的部分好像让我一开始就怀有期待。心想，不可能一直这样下去。

可是，那种期待也随着时间向后退去。这一来，和我套近乎的便只有"绝望"。

不知谁说过，绝望再坏不过。

较之眼下自己身上的种种缺陷本身，叫我痛苦的莫如说更是对这种痛苦的判断——判断痛苦将长此以往。

想见你。

想在你的身边。

但我忍住了。

如此时间里，半年转眼过去。

你从"短大"毕业了，前面已说过，开始在健身俱乐部当舞蹈教员。我从大学退学出来，在家附近的小超市打短工。我仍不屈不挠地努力着，尽可能扩大自己所属世界的半径。

你来信内容的变化也是从此时开始的。尽管是理所当然的——毕竟从学校踏入了社会——但你变成我所陌生的人这点到底多少让我感到寂寞。

唯独你向前走去。

我一步也没能迈出十九岁那个春天。

起初看上去近得伸手可触你的背影，现在的距离已是那么遥远。

你似乎很开心。信中出现好几个我不知道的姓名。从你不经心写下的插曲之中，我轻易想象出你大概喜欢上了那个男子。你正从我身边离开，向另一个人那里一步步走近。

波科、波科。

这就好，我自己讲给自己听。

这不正是我所希望的么？

是的，我回答。

于是，一天我给你写了这样一封信：

由于迫不得已的缘由，往后恐怕很难给你写信了。

原谅我。

再见！

那以后你也来了很多很多信。

信上你没问"迫不得已的缘由"是什么。只是用比往常谨慎些的语句、以比往常谨慎些的间隔不断寄来。

不料,在八月第三个星期的星期四,你突然来到我打工的地方。

"还好?"你问。

"还好。"

"好像瘦了点儿。"

"嗯,怕是瘦了点儿。"

你已变成非常妩媚的女性,头发更长了,还化了淡妆,身上的衣服洗练得体,带有成年人风韵。所以,看上去成了清新脱俗的大人。

我脑袋里一团乱麻。亲切和怜爱之情让我痛苦,惶惑和紧张之感更让我想哭。

然而先哭出来的是你。

突然之间。

"对不起。"说着,你用食指擦去眼泪,眼珠滴溜溜转动,逗乐似的一笑。

"怎么会这样呢?怕是因为好久没见了吧。"

"怕是吧。"我勉强应道。

"风风火火跑来,没添麻烦?"

我一个劲儿摇头。

"对不起。"你再次说道,"可就这样子下去……"

"健身俱乐部的工作有趣吧?"我强行改变话题。

"嗯,有趣。有一种和艺术体操不一样的乐趣。"

"那就好。"

"你呢,大学那边呢?"

想必她已从家里母亲那里听说了,但还是可能对大白天就打工感到奇妙。毕竟,有课也好没课也好,原先我每天从早上就去校园练习长跑来着。

"不念了。"我老实回答。

"为什么?"你吃惊地问我。

"要干的事太多了。"我说谎道。

"要干的事,就是在这里打工?"

"不是这样的。"好歹镇静下来的我,开始再次扮演另一个自己,"有很多计划,很多很多。"

"很多很多?"

"嗯。"

"不知道的……"说着,你渗出凄然的神情。

计划根本没有。种西红柿什么的,算不上计划。但是,我不能说出真相。

"说不定离开这个地方。"我说谎。

"远走高飞?"

"有可能。"

"外国？"

我耸耸肩，表示一言难尽。

"所以信也？"

我轻薄地轻轻地点了三四下头。我的戏是老套路，如果你以平常心，说不定能觉察其中的不自然。

"抱歉。"说罢，我觉出话说得冷冰冰的，"真是抱歉。不过，你的来信我都好好看来着，谢谢了。"

"噢。"

感觉上你似乎为来这里感到后悔。但还是鼓起勇气，毅然扬起脸来。

"我们，"你说，"以后……"

"迟早。"

话被打断的你以悲戚的眼神看我。

"但愿还能相见，比如同学会啦对方的婚礼上啦。"

你那时的眼睛我现在仍记得，那是极力寻求什么的诚挚的眼睛。

可是我没理会你的诉求。

"祝你幸福啊，没少让你关照。"

"我的……"

你勉强说到这里，随即缄口低下头去。

过了很长时间，一次我问你那时想说什么来着。

你是这么回答的：

"想说我的幸福是当你的新娘。"

可是怎么都说不出口。

"再见。"我说，"得回去做工了。"

"嗯。"

"保重！"

"嗯。"

我把你扔在那里，折回店内。

这回了结了，我自言自语。

是的吗？我仿佛听见有人这样说道。

这样，我们本应沿着各自的人生轨道行进，再不相见。两人的关系结束了。你按适合你的方式生活下去，等待我的则是适合我的没什么光亮的人生，肯定。

也许那是分手的最佳时期。你可以开始新的恋爱，而不必拖着往日恋爱的尾巴，不必自卑也不必内疚。

"对不起，和男人拉手在我不是第一次"——就算你也不至于这么说吧。同时，我也留下了若干回忆。

杏黄色连衣裙。发卡拢住的长发。马海毛衣。在衣袋里相碰的手指和手指。

还有针织护耳。

妙!

只要有这些,一生足矣。

人生这东西想必转瞬即逝,不需要那么多反复玩味的记忆。

仅有一次的恋爱,仅有一个的恋人,三次约会插曲。

足够了。

贪心不足必遭天罚,这是古来很多故事中不断重复的金石之言。

对于必须放弃贪心的人来说,更是金玉良言。

再好不过的慰藉。

此后的日日夜夜也和过去的日日夜夜大同小异。

只一点不同,那就是你不再来信了。尽管是自己希望的事,然而一旦真的音讯皆无,对明天的期待骤然萎缩了一半。

明天所以比今天美好,是因为又朝你的来信接近了一天——我的日子就是这样过的,因此打击相当沉重。

虽说如此,日子还是一天天过去。

与今天相似的明天,每天都照样来临。我骑着小摩托车去医院,之后在附近的小超市里读取条形码,如此日复一日。渐渐地,我学会物色适合自己的医院了。医生不再歪头沉思,开出的药使得自己——尽管是一时的——接近以前的自己了。

一来二去,一年转眼之间过去。

OK。

"我们就又再次相见了吧?"

"不错。"

"在那之前的我,你知道是怎么度过的?以为我对你彻底死心塌地了不成?"

不清楚,我回答。

"你没有主动讲述什么,我也不敢贸然询问。"

"那样就可以了?"

"可以的嘛。因为我完全想象得到你是多么难过,也明白你千思万想后的决断。"

"不过还好,"你说,"正因为我当时做了决断,才有现在的生活,嗯?"

"正是。"

泠以没有过的亲密动作把自己的小脑袋贴在我的胸口。那是仿佛凝结了千言万语的动作。不用说,千言万语都是关于爱的话语。

"往下呢?"你问。

我继续往下讲。

不知是那时吃的药好使,还是和心理顾问之间的谈话起了某种作用,抑或不久前尝试的中医疗法奏效的缘故,总之在二十一岁那年夏天,我奇迹般地无限接近了原来的自己。

那恐怕只是一时性恢复,而不会保持多久,这点我自己也很清楚。不妨说,那好比给犯人的放风时间,很快就要重新返回牢笼。

既然那样,那么就要在此期间全力以赴。于是我骑小摩托车出门旅行,想沿海岸线转上一圈,在被关进狭小世界之前尽可能看一看不知道的地方。大凡事情都是这样,只有事先得知必然失去,才会明白自己所需要的东西。假如情况不是这样,我绝不至于出门绕海岸线旅行。

而在半径一百公里的小天地中心满意足。

当然,并没有完全返回原来的自己。情况最糟时的记忆引发了"预期不安"这个棘手问题,我以姑且试试这样的心态一步步离开自己的房间,迈向远方。

行程过半的时候,我改路朝内陆进发,打算转成"8"字而非"0"字。

那天,时隔一年我听到了你的语声。

每天都给家里打电话。毕竟不是以正常状态外出的,父母的担忧非同一般。那个年代手机还没普及,我每天都从旅行所到之地的公共电话亭以对方付费的方式向家里报平安。

那天,接电话的母亲告诉了我。

告诉了你让我母亲捎的话:

有话要说,请打电话,用对方付费方式(你特有的体贴)打,随时等待。

而且是往你家打。

"不能让女孩子等待的哟!"这不是你要捎的话,是母亲的话。

明白了。

发生什么了呢?

我这个那个想个不停。

说不定你身上发生了不好的事情——这样的想象急速膨胀起来。我这人本来就好担心,没办法往好事方面想,想的全是坏事,比如生病啦被坏男人骗啦舞蹈鞋的后跟断了等等。

如果身处如此状况而需要一年前分手的恋人的安

慰,那么我是义不容辞的。很想给你以安慰,给你以鼓励。只能向我这弱不禁风的胸膛寻求保护——我觉得这一事实说明你已陷入走投无路的境地,这让我焦急万分。我从衣袋里掏出所有硬币,放在电话机上。

我小心按着你家的电话号码。我没有用对方付费的方式。电话费我有,我也有我的自尊。

只响一遍你就接起。

没以为会这么快接起,我吃惊不小。

"秋穗君?"

我正沉默不语,你问道。

"是,是我。"

"啊,是你的声音。"

相隔一年听得你的语声,让我心里充满温暖。

"等着呢?这么快。"

"嗯,心想你肯定打电话来。"

"真的?"

"真的。"

耳畔响起你耳语般的声音。

我问:

"什么事?这么着急。"

"秋穗君!"

"什么?"

"现在哪里?"

"旅行途中。离你那里有三百公里。"

"嗳?"

"嗯?"

"去见你可以的?"

空白。

"喂喂?"

"啊。"

"去哪里了?"

"在这里呢,在电话亭里手拿听筒。"

"那你回答啊!"

"呃,吃了一惊。"

"吃了一惊,往下呢?"

"高兴,高兴着呢!可是……"

"没关系。"

"没关系?"

"嗯,没关系。"

"真没关系?"

"嗯。"

这么着,在你那莫名其妙的自信的征服下,我们说定两天后在哪里哪里见面。

那是一座标高七百米的小城,后来才知道这天是一年中那里最热闹的一天。差不多有五十万人赶来这里观看从湖面升起的烟花。说起五十万,比摩纳哥和列支敦士登那样国家的人口还多得多,可谓盛况空前。

你并不知道这点,径自赶来。两人能顺利见面吗?反正,作为我只能相信你等我。

我骑摩托车在城里转来转去找你坐后座用的安全帽。

我想先把我自己头上的红色面罩给你戴,现在设法买自己用的安全帽。

买的钱都没有,打算在摩托车专卖店里租一个。好歹找到一家摩托车专卖店租出来的,却旧得不成样子,是年长女性外出购物戴的那种,一塌糊涂。一年没见面了,这样子实在狼狈不堪,却又不能让你戴这样的安全帽。

时间紧迫,我骑摩托车往预定见面的站前环形路口一路飞奔。到日落还有些时间,但性急的游客已陆陆续续开车集中了。路面挤得很。

好不容易赶到环形路口时,列车到站时间已过去十分钟。站前到处是乘车来看烟花的游客,一片嘈杂。

我在人群中找你。年龄相仿的女性倒是很多，但没有你。看表，距约定时间已过去了十五分钟。

没来吧？

果不其然。怎么可能来呢！

紧绷的心情一放松，我当即有气无力地当场坐了下来。

我期待什么呢？在这里同你相见，往下能有什么结果呢？情况又没有比一年前有任何不同！

我头戴脏兮兮的安全帽坐着不动，人流从我的前面和后面通过。喧嚣声在我听来仿佛整个诉说同一意思：

美好的夜晚即将来临。

所有人都欢欣鼓舞，所有人都在期盼美好的夜晚。

我也同样，仅仅五分钟之前。

"秋穗君？"

抬头一看，满脸汗水的你出现在人群中。

"那安全帽，"你露出释然的微笑，"好像不大合适。"

"是啊。"我说，"好了，走吧，美好的夜晚在等着呢！"

傍晚，我们置身于湖畔。

我没问你来这里的缘由，你也没问我的心情。能见面自然欢喜，但我依然困惑：这是今天的特殊节目，还是以后日子的开始呢？我自己也稀里糊涂。

你显得十分轻松，表情仿佛说自己心中已有了答案，再没有什么好烦恼的了。来这里恐怕就是你的答案。

我们在环湖人行路的石头上坐下。背后是铁丝网，网后是铺展开去的草场。虽是夏天，但风够冷的。大概是海拔七百米的关系。

天空已经落下巨幅夜幕。在街灯辉映下行走的人们，无不一副幸福的神情。

美好的夜晚即将开始。

"不冷？"

"不怕。"

但掠过湖面的风使得你的身体微微发抖。

我伸胳膊搂住你的肩。

"谢谢，"你说，"好暖和！"

最初的烟花升空了。声音的传来比光稍慢一点儿，在小城四周的群山中回响，复杂的声波包拢着我们。

"不得了！"你说。

是啊。

序幕结束后，烟火一发不可遏止地接连升空。盛夏之夜的热浪笼罩着湖面。所有人都喜气洋洋，叫喊着什么。

"走走？"

"好。"

我们起身，朝湖畔走去。湖的四周里三层外三层全是人。我们从外围眺望湖面。

"幸好来了！"你说。

"是吗？"

"嗯，竟能和你一起待这么长时间……"说着，你把自己的胳膊和我的胳膊挽在一起。细弱的、冷冷的胳膊的感触。

"要一直留在你身边。"你在我身边盯着湖面说。

"不过……"

"不要紧的，肯定。"

我再没问下去。烟花的光把你的脸染成不可思议的颜色。碰在一起的胳膊开始有体温返回。我们一言不发。

我放弃思考，委身于你给予的幸福之中。

幸福，就在你身边。

不久，尾声临近了。

最后一束烟花升空之前有片刻沉寂。近五十万人屏气敛息,几乎可以听见某人"咕"地吞口水的声响。

"咕"。

最后的烟花在湖面炸裂。
巨大的光团膨胀开来。
几秒钟后,爆炸气浪朝我们袭来。沉甸甸的热风。
你全神贯注凝望湖面。意识到我的视线,朝我微微一笑。
"好像挺可怕的。"
"是啊。"
这个夜晚终身难忘,你低声说道。

我们离开湖畔,准备从城里穿过。家家户户檐前送亡灵的灯笼发出淡淡的光。两人仍陶醉在光色与声音当中。亢奋的心情使我们胆子大了起来。

你说不回家,我也不反对。就算马上乘上列车,能不能在今天最后时分回到家也令人怀疑。原来你从决定来看我时就打算住下的。

五十万人之中有相当一部分人同样打算不回家。周围住宿设施全部满员。我们准备翻过一两个山头,去邻镇找过夜地方。

小摩托车以缓慢的速度沿夜间国道移动。你肩上挎着白色漆皮包，依然拿出吃奶力气扑在我身上。

我向你说了自己身上的种种缺陷。

意外的是，你听了也没显得怎么惊讶。

"大体有所感觉。若不然，你也不至于放弃赛跑吧？"

的确，是那么回事。

"想离开我也是这个原因吧？"

"可能。"

"寂寞？"

"非常。"

"我也是。"你说。

快到山顶时，突然下起雨来。

无星之夜，知道天气不好，但雨也太突然了。起初星星点点，旋即势若倾盆。虽说是夏天，但这里海拔七百米，雨也冷。

我们的身体很快变凉。我这体质格外差劲儿，心里一阵不安。你的身体也急速凉了下去。这样子必得肺炎无疑。

骑摩托车跑了一阵子，发现一座过街天桥，我们就在那里避雨。这时间里体温迅速逃离身体。雨像指望拿头奖的自动赌博机吐硬币那样不知其所止。

在这里等下去也好，前行也好，我觉得怎么都不妙。你双手紧紧抱着自己的身体，失去血气的嘴唇不住打战。淋湿的Ｔ恤紧贴在身上，透出下面的胸罩细带。雨珠顺着额前头发向下滴落。

巨大的不安让我感到窒息。我看你的眼睛，视线相遇时，你毅然回了我一个微笑。

"不要紧的！"你说。

"走吧，往前去。"

人有意义极深的瞬间。对我来说，此时便是那一瞬间。对于不久成为我妻子的你，那也具有同样意味。然而你几乎不记得当时你说出的话了。

你是完全不知不觉之中说出决定自己一生的话的。

事情非常有趣，我想。

听得那句话的瞬间，我下决心永远和你在一起。

你的人生你决定。你自愿选择了和我相伴而行的路。我若以廉价的独善态度拒绝，那等于傲慢。

至于前面有什么我不知晓，幸福理应伏在哪里，两人一起寻找是一种乐趣。

"不要紧。"你说。

不要紧,肯定顺利。

我觉得你是在那么说我们的未来。

总之一起走向前去。

不至于全是糟糕事。

就连我这样的也未必就不能使你幸福。

"是啊。"我说,"往前走吧!"

"嗯,走吧。"

于是,我们在急雨中飞奔。

"好歹找到旅馆进入房间的时候,两人浑身已像死尸一样彻底僵冷。"

"尽管是夏天?"

"毕竟海拔一千米嘛。"

"成了落汤鸡?"

"何况什么也没吃。"

"成了真正的死尸?"

"不骗你。"

"那么?"

"那么?"

"往下怎么样了,我们?"

"这样那样。"

"举例说?"

"淋浴,然后吃面包。"

"噢。"

"之后一起看电视。"

"投硬币的那种家伙?"

"嗯。看了烹饪节目。讲什么来着?像是讲怎么做花椰菜的。"

"两人看那个了?"

"是啊。我喜欢看烹饪节目。做倒做不好。"

"是吗?"

"嗯。"

"再往下呢?"

"再往下么,把你叫到我床上,抱着接吻了。"

"厉害!"

"那种事也做了!"

"费了好大劲,不得了。"

"没那么严重。"

十四

"喂,佑司!"

耳边格外熟悉的男子语声使得我一跃而起。

"喏,我把你的礼物拿到这里来了。"

估计睡过头了。我钻出被窝,边揉眼睛边往厨房走去。餐桌上早饭已端上来了。泠在洗碗槽那里洗着什么。

"早上好!"

"早上好。睡得可好?"

"一觉到天亮。"

"呃,那就好。"

"哇!"佑司叫道,"又受骗了。"

"所以嘛,"我在餐桌旁说,"你睡觉时间里,我干家里的事来着,却怎么都干不顺手。丢三落四,马虎大意,偷懒耍滑。"

"所以,你们穿着脏衣服,住着脏屋子。"

"那是。"

泠仍然显得有些费解，最后还是点了点头。

"明白了，明白我必须健康才行。"

"是啊。"

"我说了吧？"

"哦？"

"说不要紧。"

"啊，说了。"

"那，就得好好做才行。"

"头痛呢？"

"不怕。还有点儿痛，不过慢慢轻了。"

"那就好。"

"谢谢。"

之后，我对她说：

"今天傍晚，不一起去买东西？"

"一起？"

"有个人想让你见见。"

"让我？"

我点头。

"和我们要好的人。或许对恢复记忆有帮助。"

"高兴啊！"

"就是嘛。"

"Nombre 老师。"佑司说。

"Nombre 老师……"

"傍晚见的人叫 Nombre 老师。"

"老师？"

"过去，"我说，"过去当过小学老师。"

"还有维尼。"

泠以费解的神情看我。

"见了就明白了。"我说。

傍晚，我们三人去购物中心买了花椰菜、火腿、香菇和白奶油。回来路上朝十七号公园走去。

老师和维尼狗已经在公园里了。我对两人说了声"等等"，先一个人走进公园。老师注意到了，向我挥手。

"你好！"

"你好！"

"心理准备可以了？"

"可以了，不至于吃惊的。"

"还有，她所有记忆都失去了。"

"那么交代来着。"

"她也不知道自己是幽灵。"

"当然，那是的。"

"所以，一年前的事我什么也没说，装作平安无事地始终一起生活的样子。"

"那样好。真相太叫人悲伤了。"

"所以……"

"知道知道,放心!"

我点头转身,挥手叫两人过来。

"她来了。"我低声对老师说。

"嗯。"

泠和佑司手拉手朝我们这里走来。佑司马上和维尼凑在一起玩了起来。

"您好!"泠说。

"你好!听说你忘东西忘得厉害?"

"是的。伤脑筋啊。"

"我是谁?"

"对不起,"泠说,"是 Nombre 老师我是知道的,但不记得了。"

老师轻松地一笑:

"连丈夫都忘了,如果还记得我,那可就有点儿成问题了。"

"是啊。"

目睹泠和 Nombre 老师交谈,感觉异常奇特。她给人的印象是她好端端存在于这个世界。这以前我认为她是只有我和佑司才看得见的存在,仿佛幸福的梦幻。但不是那样。

她就在这里。

泠和Nombre老师谈起第一次见面时的情景。

"你梳着辫子,扎着围裙,手提塑料购物袋。"

"在这里?"

"是啊,你们夫妇看上去还像是高中生。现在你也年轻的。"

"怎么说呢?样子开心得不得了。"老师说,"每天都开心得什么似的,就那么一种感觉。我这人跟开心不沾边,心里很羡慕。"

"毕竟好不容易如愿以偿生活在一起的。"

"呃,经过我也听说了,湖上的烟花啦。我在这里遇见你俩,是转年的春天。"

泠回头看我。

"不错。再次见面的第二年春天我们结婚了,二十二岁那年的春天。我的工作终于定下,来到了这里。"

"您总是关心巧君,在这里说话时也不停地问,问不要紧吧。"

"我?"

"嗯,是你。因为丈夫刚开始工作,身体又不太好。知道你鼓劲儿挺着,但看上去十分艰难。"

泠再次看我。我耸耸肩。

没那么严重的嘛！

"那么一来二去，你成了孕妇。高兴地向我报告来着。"

"佑司在我肚子里……"

"什么？"佑司问。

"你这宝宝在你妈妈肚子里时的事。因为有了你，妈妈和爸爸看上去成了世界上最幸福的一对。"

"是的吗？"

"是的。"

"你妈妈么，"老师说，"你出生前就说绝对是男孩儿，很早就买齐了男孩儿用的小衣服。"

"是啊是啊，佑司出生时舒了口气——这下好了，买齐的东西没有白费。"

噢，佑司兴味索然地应了一声，然后招呼泠说：

"这孩子是维尼。"

维尼凑到泠脚下："～？"

"声音呢？"泠看着老师。

"来我这里之前就做了手术，不能叫了。"

"～？"

"不过，这家伙倒像不怎么在意，很了不起的！好了，"老师说，"差不多该告辞了。"

老师举起手里的塑料袋给我们看。

"这是公鱼。"

"西太公鱼吧?"

"正是。今天也是半价,高兴啊!"

"泠!"老师招呼泠。

"嗯?"

"下次见。"

"你么,"说到这里,老师略一停顿,拿塑料袋的手微微颤抖,"你么,多少像我妹妹。很难说哪里像,那举止什么的……"

所以让我觉得亲切。

"想起往日来了,想起自己下班回来把当天发生的事讲给妹妹听那时候。"老师对自己的话不住点头,"对不起,让你陪我这老头儿说了半天,请一定再来,别嫌弃。"

"当然还来。请再讲给我听,再讲一些。"

老师再次频频点头,把背转向我们走开了。维尼赶紧朝老师追去。

"拜拜!"

说着,佑司挥手告别。

十五

她以小小的构件一点一点填补自己造成的空白。

波科、波科——

半夜忽然醒来,她熟睡的呼吸声从佑司的另一侧传来,于是我像听得涛声的渔民那样深深感到自己正在习惯妻的幽灵的睡息。

这让我高兴。

从十五岁春天开始的我们的物语行进到二十三岁的夏天。

生佑司时的你的胸部膨胀得难以置信。低调的乳房高傲地朝天隆起,淡蓝色的血管宛如叶纹勾勒出美丽的图形,乳汁如山麓泉水取之不尽。佑司吸饱了后乳汁还在喷涌,就用来润湿婴儿脸蛋。你从自己的胸涨感觉佑司的空腹。

"很快的,"你说,"肚子很快就饿瘪,哭声就那个意思。"

果然如此。

两人如一个活物连在一起。

那时你身体已经不好,精力很难说多么充沛,但你还是为佑司竭尽全力。佑司还软乎乎的,像个奇妙的小动物,我们小心翼翼地侍候他。

两人给他洗澡。我抱着,你用纱布给他擦澡。你喂完奶后,我拍他的背让他打嗝。佑司哭着不睡的时候,我把他放在自己肚皮上,你在旁边唱儿歌:

宝宝睡觉了,我的宝宝……

他转眼就睡了过去。

结果,我以困惑的眼神盯视在自己肚皮上"滋滋"发出浑浊睡息的佑司。这一来,我一时就动弹不得了。每次我都对企鹅王父亲怀有深深的共鸣。

周末,三人一起去树林。

泠用我上班骑的自行车。尽管失去了记忆,但她骑自行车仍很灵巧。

在树林出口,母子找到了四叶的三叶草。我每次跑完一圈，两人都向我出示那时间里的成果。成果数量惊人，或者这里原野上的四叶的三叶草才是正宗也未可知。

多么幸福的场所！

日子安静地过去。

雨季仍没有终止的迹象。

和 Nombre 老师每天都见面。泠喜气洋洋听老师讲年轻夫妇。到了夜里，我就接着老师的话讲。

佑司最初记得的话是"曼妈、曼妈"。至于是指妈妈还是指母亲胸部的乳汁，就不清楚了。在佑司脑袋里二者可能还模模糊糊区分不开。

曼妈、曼妈——

他这样叫着找母亲，同时找用来填满空肚子的温吞吞的乳汁。

佑司一次也没说过"爸爸"，听泠把我叫"巧君"，他也那样叫，认定这个脸色欠佳的瘦削男子就是"巧君"。

"我管你叫'巧君'来着？"
"是呀，从结婚时就决定那么叫的。"

"决定?"

"嗯,我们是一本正经的一对嘛。这种事早就定好了。"

"叫'你'不行的?"

"不是不行。你出于当时的心情叫法五花八门:'巧君''你''秋穗'。决定的只是基本形。"

"叫什么你最高兴呢?"

我想了一会儿回答:

"怎么叫都高兴,哪个都是我嘛!"

"那么说,'你'也无所谓了?"

"无所谓。现在已习惯了这个。"

"那,在记忆恢复之前就叫'你'好了。"

"OK。"

十六

第二个周末也到树林去了。

下到半夜的雨停了下来。

树叶上全是水珠,脚下湿漉漉的。

我们沿林中小路慢慢行走。泠和佑司从自行车上下来推车前进。雨后初晴,路上蜘蛛网多得不行,不时粘到脸上,不得不小心移步。

"哇,又来了!"

我用手拂去粘在自己头上的蜘蛛网。

"雨后蜘蛛网为什么多呢?"走在我身后的泠问。

"为什么呢?大概是想尽快拉好被雨打坏的网吧,可为什么偏要拦路拉网呢?"

"终归不是给走路人弄坏了!"

"不屈不挠的家伙。"

走了一阵子,我止住脚步。

"有好东西给你们看。"

"是什么?"

"什么什么?"

"这个季节,上次来时也给你们看过。佑司应该记得吧?"

"记得?"

我离开路,往树林深处走去。两人放下自行车,从后面跟着。

脚下草长得相当高,还有不知积了多少层的落叶,软绵绵的,很难迈步。走了五十多米,我再次站住。

"看!"

我闪在一边,以免挡住两人的视线。

"啊,花!"佑司叫道,"这么多!"

紫萼花。几百棵紫萼开着小白花,好大一片。

"不记得?以前也让你看来着。"

"什么时候?"

"大概前年吧。"

去年因为泠的事,这个季节远离了树林。

"前年是多久以前?我可出生了?"

"因为出生才领来的么。你四岁那时候。"

"骗人!"

"真的。"

"奇怪呀,"佑司歪起脑袋,"一点儿都不记得了。"

怎么说呢?到底是我的儿子,记忆甚是了得。

"不过可真是漂亮啊!"他把格外带有大人意味的视线落在花上,"觉得占了大便宜。"

"为什么?"

"因为,"佑司仰望着我,"忘记上次看的了,所以才觉得这么漂亮的嘛。不是吗?"

"啊,或许。"

"什么都是这样,第一次心里总是怦怦直跳。"

"差不多。"

紫萼花的周围,一朵一朵点缀着山百合。

"一股甜味,"泠说,"险些呛住。"

"怎么这么大的味呢?"

"和上高中时的我们是一回事吧?"

"是吗?"

"有人没有啊?我在找恋爱对象。"

"果然。"

假如是为了授粉而在吸引飞虫,那或许也算是一种委婉的爱情表达方式。

我们穿过树林。

微阴的天空下横陈着工厂旧址。五号门隐约闪现出来。

"总好像,"泠说,"总好像我的人生是从这里开始的,有这个感觉。"

佑司放下自行车,拔腿跑开。

"也就从半个月前?"

"嗯。"

"在那很久很久之前你的人生就已经继续了,同我和佑司一起生活过来的。"

"是啊,知道这点真是高兴。"

泠高高举起双手,伸了个懒腰。

"不过么,"她说,"觉得占了极大的便宜。"

"是吗?"

"还用说,我可以从头和你恋爱了么!怦怦怦。"说着,泠把双手按在自己胸口。

怦怦怦。

心里一阵骚动。

我们手拉手走了起来。

"巧君——!"佑司大声喊道,"看呀,有弹簧啦——!"

我扬手响应。

"螺旋弹簧么,"我对泠解释说,"没什么了不得的,稍微碰巧都能找到。"

"是吗?"

"嗯。不过,链轮却极难找到,找到要靠撞大运。拾到的人是运气最好的人。"

"那,我也找找看。"

"试试看。不那么容易的哟!"

"不过,近来我可是给你找了很多四叶的三叶草的。"

"那是特殊场所。"

"是那样的么?没准我是非常幸运的人!"

"有可能。"

"佑司,和妈妈一块儿找!"泠边说边跑,带花的喇叭裙翩然张开。佑司向泠招手。

幸福的光景。

既然她那样想,就一定是那样的。

那么,希望她幸福到最后一刻。虽然泠的命运不怎么好,但她的确是适合面带幸福笑容的女子。

从宿舍二楼我家阳台,可以俯视对面很近一块空地。空地上,佑司一个劲儿地埋着今天的战利品:螺栓十五个、螺帽十二个、螺旋弹簧三个。链轮没有找到。

云隙间泻下的阳光照得佑司金色的头发闪闪生辉。

"好漂亮的头发啊!"泠在我身旁说。

"是啊。不管怎么说，毕竟是英格兰王子嘛！"

"英格兰王子？"

"嗯。那家伙若是默不作声站在那里不动，看上去蛮像气质高贵的良家公子，像英格兰王子。"

"默不作声？"

"是的，如果默不作声。"

泠开心地哧哧笑了。

"知道？"她说。

"知道什么？"

"佑司的讲话方式，和你一个样。"

我略一沉思，对她这样说道：

"是的吗？"

"他够英俊的。"

"是啊，和我一个样。"

泠朝我一瞥，随后又把视线折回空地的佑司身上。

"温和、稳重、诚实。"

"同普通孩子相比，多少有点儿走偏。"

"那也是他出彩的地方，我想。个性难能可贵。"

"真是那样的？"

"嗯。佑司大概是我的最高杰作。这么平庸的我生出那么出色的孩子，太不简单了，我觉得。"

"是你的儿子嘛。他的出色有一半可是你的。"

"难以置信。"

"但千真万确。"

"你是忘了的。"我说。

"忘了?"

"嗯,忘了你也是极不寻常的。"

"是的,极不寻常。"

"那孩子的头发颜色像你吧?"

泠眯细眼睛定定注视佑司。她终究没戴眼镜。试戴了一下,说度数不合,没戴。

"呃,和我小时候一样。"

"颜色漂亮啊。"

"嗯。两三岁的时候,金色更鲜亮来着。到了冬天,把脸颊映得通红通红。"

"很可爱的,是吧?"

"谁可爱?"佑司从下面仰看我们。

"鼻子总是堵塞,爱好是收集没用的垃圾样的玩意儿。'是的吗?'成了口头禅——你说他是谁?"

"谁?好个怪小子。"

十七

月历变了,雨季即将过半。

这几天,Nombre 老师没在公园出现。我说肯定有什么事,但泠只是以忧郁的神色有气无力地摇头。

四天过去了,到了第五天老师仍未出现。维尼也没出现。

"说不定发生什么了。"我说。

"是啊,去老师家看看吧。"

但我们不知道老师的家,连真名都不晓得。

"老师多大年纪?"

"多大年纪呢?估计和事务所的所长差不多。"

"那,事务所的所长多大年纪?"

"这——,多大年纪呢?"

很久以前就过了八十是可以断定的。

"怕是身体不舒服了吧?"

"有可能。"

"向公园里的谁问问。"

"问问。"

常来十七号公园的人里面,有一位总看同一本书的青年。

一次想知道他在看什么书,悄悄凑近觑一眼封皮,原来是《生活实用辞典》。青年察觉了我,说:

"重要事项,"他向我出示封皮,"全部写在这里。"

"噢,那是。"

也问过他是做什么的。

"我是小说家,"他胸一挺,回答,"倒是还一本书都没出过。"

原来如此。

既然一本书都没出过也可以称为小说家,那么世界上人人都有自称的权利。所以我也试着来了一句:

"我也是小说家,倒是一本书都没出过。"

"一想就是,"青年说,"闻气味就知道了。"

他问我写什么,我答说还什么都没写。

(开始写小说是前些时候的事了。)

"早晚要写的。写和妻子之间的回忆的。"

"好啊,"他说,"至少已决定写什么的人是幸福的。"

"是吗?"

"我这个人么,就算有想写的东西闪出,可终归也都已经写在这里了。"

说罢,他举起《生活实用辞典》给我看。对这样的他我十二分觉得不忍。

这天他也在十七号公园里。一如往常坐在最靠边的长椅上看《实用生活辞典》。

我让泠和佑司留在那里,独自朝他跟前走去。有所察觉的他从书上扬起脸来。

"你好!"我说。

"呀,是你!"

"啊,是我。"

他当即失去兴趣,准备继续看书。我慌忙招呼说:

"那个……"

他扬起脸。

"什么呢?"

"经常坐在那条长椅上的老伯你知道吧?"我指着 Nombre 老师的长椅。

他漫不经心地点头道:

"知道,远山老伯。"

"远山?这可是 Nombre 老师的真名?"

"Nombre？"

他检索记忆需时三秒。

"噢——"他说,"对了对了,是 Nombre 老师,听说过。是的,那就是远山老伯。"

"这几天没见到他。"

"听说病倒了。"

"瞎说。"

"真的。"

"情况怎么样?"

"没生命危险。听说是脑袋或脑血管什么病。"

他"啪"一声合上手里的书。大概是想认真对待我了。"只是,有各种各样后遗症,听说很难回到原来的生活状态了。"

我回头看泠。她一看见我,马上跑了过来,表情紧张得很。佑司落后几步跟着。

"老师呢?"她问。

我把青年的话如实告诉她。

"怎么会……"

青年继续往下说:

"这样,听说已决定住进好像离得很远的一处设施,从医院直接去。"

"谁给办那种手续?"

"自治会长啊,一个好管闲事的老伯,喜欢干这个。"

"你怎么知道这么详细?"

"儿子嘛,自治会长是我父亲。"

"呃,是这样。"

姑且问了 Nombre 老师家的地址,我们离开公园。

"维尼呢?"

"不要紧的。"泠说。

"不要紧。"

"本来还有话要说的……"回家路上我边走边说,"还有很多很多。"

"是啊。"泠踢飞路旁的小石子,"你是需要那位老师的。"

"你也同样嘛。"

"嗯,是啊。"

她轻轻点头。

"是的。"泠扬起脸来,"也不是就见不着了。"

"可是……"

"去看望就行了么。"

"很难。说地方很远。"

"没关系的,"泠说,"不怕。"

十八

第二天傍晚，我们去了从青年口中得知的 Nombre 老师的住宅。老师的家位于北面老住宅区，从十七号公园走路十分钟。

是一座很有年头的木结构平房。这种简朴的住宅样式，以前常称之为"文化住宅"。

房子四周长着百日红、绣球花、木芙蓉、金橘等花木。右面是空地，左面同样是老住宅。

打开木大门，我们走进院子。有踏脚石连往横拉式房门。打头的佑司叫了起来：

"啊，维尼！"

说着，他往院子里面跑去。我和泠快步紧跟。

维尼钻在檐廊下面，只脑袋探出外面。

"维尼！"

听得佑司叫，它抬起头。

"～？"

声音比以往还小。它伸出舌头，一次次反复又浅又快地呼吸：

哈哈哈哈哈。

佑司搂住维尼的脖子，脸贴它的卷毛。

"~？"

"好像什么也没吃。"

"好像。"

自治会长就算喜欢管人的闲事，也不一定连狗也照顾到。

"还是把它送去保健站吧？"

"我不！"佑司向上看着我俩，伤心地叫道，"那不行！"

"知道了，那，领走好了。"

"是的吗？"

"嗯。"

我把维尼的项圈绳从檐廊柱脚解开。

"喂，走了。"

佑司说要绳，我把绳递给他。

"维尼，走吧！"

但是，佑司拉绳催它，它不肯动。

"维尼，待在这里老师也不会回来的了！"

"~？"

"走啊!"

"～?"

佑司仰脸看我。

"它不愿意。"

"嗯。"

我蹲下,脸贴近维尼。

"态度真是可嘉。"我对它说,"就这么坚持下去,说不定在站前给你建一座铜像。"

"～?"

"问题是,人生不仅仅是那个。老师不回来了!"

维尼歪头沉思。

"是的,去了离这里很远很远的地方。所以,"我说,"表示忠义的态度固然可嘉,但那是无谓的行为,我想。"

"～?"

"老师也不愿意你这样,希望你好好度过你自己的一生。"

它以肃然的神情陷入沉思。

"你是一条聪明的狗,所以我想你会理解的。分别的确是很悲伤很难受的事情,但是,不能在此停止不前。"

我站起身,给它以考虑时间。维尼抬头看我,又看佑司。它垂下下巴,看上去它为此弄得很累,伸出舌头,闭起眼睛。

我看泠。她悄然点头,仿佛说再等它一会儿吧。佑司也默默注视。

维尼向上翻着眼睛看着我们,不断重复浅呼吸,如此过了相当长一阵子。

而后,它爬了起来,仰脸看我。

"决定了?"

维尼点头(似乎)。

"佑司!"

"嗯。"

佑司轻轻拉起绳移步,维尼默默跟着。穿过院里的树,走到大门。我打开门,让开路,佑司和维尼从一侧穿过,来到门外。

"再见吧。"佑司说。

"有过那么多事。寂寞啊!"

维尼回过头,盯视自己长年生活的家。之后缓慢地高高扬起头,叫了一声:

"呜——?"

我们同时四下转过脸,没察觉这奇特的声音就是我们脚下的卷毛狗发出的。

"呜——?"

维尼又叫了一次。

"是维尼!"佑司喊道,"维尼叫了!"

"维尼会叫了!"

呜——?

那是风穿过细小的缝隙般的声音。

"说再见不成?"

"肯定是。"

"也好像在问什么。"

"呃。"

呜——?

莫非那是向突然消失的主人告别的话语,还是向天上的某个人询问自己莫名其妙的命运的来由呢?这条被夺去声带的卷毛狗向天空发出好几次细弱而悲怆的声音。

我们暂且让维尼在门厅住一晚上再说。不知道它吃什么,先给了米饭和土豆色拉,结果它毫不犹豫地一下子吃进嘴里。想必饥肠辘辘。

"明天一早领去动物保护中心。"

"不是养在家里的么?"佑司问。

"那不行的。按公寓规定,那行不通。"

"那么,请别的什么人养呢?"

我静静摇头。

"一条老狗，样子又不怎么样，不客气地说。"

"让它住在附近草地或什么地方，我们喂食怎么样？"

"那一来，它一定重新返回原来的家，早晚还是要被领去保健站。"

"保护中心是什么样的地方？"

"民营设施。多少付一点钱，由那里照料维尼。有很多伙伴的。"

原则上是临时抚养，有人领养就被领走。但像维尼这样的老狗，那里势必成为最后归宿。

"维尼能幸福吗？"

"那就看它自己了。"

"那么说，不幸也有可能？"

"只要在那里，结果都一样。"

佑司以认真思索什么的眼神定定注视吃土豆色拉的维尼。

"好了，明天要早起的。"我说，"早点睡吧。"

"呜——？"

"嗬，你也会了！"

晚饭后查电话簿，给自治会长家打电话。傍晚去 Nombre 老师家时顺便去了，但不在。

自治会长在家。

我再次问了 Nombre 老师的病情，对方说是脑血管病。如他儿子所说，倒是没有生命危险，但可能有后遗症。四肢一部分麻痹了，眼下意识还不清醒。我说明天不上班，打算去看望，对方劝我免了。

"话还说不清楚，去了双方都不好受。"

"听说要去别的设施……"

"那不是今天明天的事。还得在医院住些日子。"

于是，我问了医院所在地，道谢放下电话。

"哪里？"泠问。

"人家说要等一等才能去看望。"

"噢。"

"一块儿去？"

"要等多久？"

"不清楚。"

"是啊，"泠说，"去，让我一块儿去，我想见老师。"

"呃，迟早。"

"嗯，迟早。"

十九

早上起来一看,维尼不见了。

马上得知是佑司干的。他的小鞋从鞋箱拿了出来,左右相反地躺在水泥地上。

掀开还在睡的佑司的被一看,睡衣外面套着黄色防风夹克——想必半夜穿这一身外出来着。

"佑司。"我招呼一声。

他当即身体一动睁开眼睛。

"巧君……早上好。"

我也回了声早上好,然后问他:

"维尼去哪儿了?"

佑司移开眼睛,不肯回答。

"跟你说,"我在枕边坐下,"昨天也说了,不把它寄养在正规地方,维尼是要被领去保健站的。"

"可是……"

"想和它在一起的心情可以理解,但你也要为维尼着想才行。"

佑司毅然扬起脸,以诉求的眼神看我:

"想过了。"

"是吗?"

"嗯。作为维尼肯定也还是和我在一起幸福的。"

"那倒是。"我点头,用手梳理他柔软的头发,"不过,那可要天天都过得胆战心惊的哟!"

"胆战心惊?"

"嗯。吃饭也好,睡午觉也好,总是胆战心惊的,担心什么人来抓。"

"抓了又怎么样呢?"

"抓了,带去保健站或保护中心。"

"往后呢?"

"等待什么人来领养。"

"要是谁也不来呢?"

我无法回答,默默盯视佑司的眼睛。

"要是谁都不来呢?"佑司重复一次。

我静静摇头。

"那么……"

"不错。"

"我不愿意。"佑司说,"我不干!"

他钻出被窝,拉我的衣袖朝门厅走去。冷在厨房准备早餐。

"去去就来。"

我向她打声招呼,两人一起出门。不出所料,佑司走去的是公寓后面的空地。

"哦?"佑司四下环视。

"怎么了?"

"这里,"佑司手指小摩托车,"用绳子拴了这里来着,却不见了!"

果然,摩托轮上系一条绳子。

"跑了!"

准备完早餐的泠也一起四处找来找去,但没能找到维尼。

找着找着下起雨来。我们淋成了落汤鸡,但还是不死心,到处找维尼。Nombre老师家也去了,那里也没有。

片刻,雨真正下大了。

"怎么办?"

"还是算了吧,这样要感冒的。"

"是啊,明天说不定会回来。"

"不会回来了,"佑司说,"再不会回来了!"

回家路上,佑司问我:

"维尼被抓起来送去保健站了?"

"会不会呢?也可能给好事的人领走了。"

"要是被抓走了呢?"

"就求求那里——如果'呜——?'一声叫的卷毛狗被保护起来了,请和我们联系。我们领回来就是。这回可要送到像样的设施里去。"

佑司放心地露出笑脸:

"是那样,原来。那就好!"

"是的是的。"

二十

第二天只我发烧了。看我这样子,泠和佑司都显出费解的神色。感觉上就像看一个洗一把脸都会伤风感冒的人。看来我的免疫系统是相当廉价的玩意儿,一如预算和人员都被削减的哪个国家的国防设施,随便可以攻入。

我一年平均感冒发烧十次,其中一次偏巧这时候赶来,并非什么稀罕事。

我钻进被窝,泠给我吃她削好的苹果。

"哇,"佑司说,"不错啊!"

"你也感冒,也侍候你。"

"是的吗?"

但是,这个有孝心的儿子轻易不感冒。仅这点就帮了我这个单身父亲不少忙。

佑司有些放心不下,很不情愿地上学去了。

"其他可有什么想吃的?"

"没有啊,没什么食欲。"

"那么,给你做香蕉汁,这个能喝吧?"

能喝,我说。

泠走去厨房。从我躺的位置看去,可以看见她丰满的腿肚。透出静脉的膝后窝和上面柔软的部位也隐约可见。光景甚是让人心神荡漾。

妙!

一会儿,她托着放有挂着水珠的玻璃杯托盘转来。

"得补充水分才行。"

她拿着吸管头递到我嘴边。我像乌龟一样伸出头,嚼住吸管,吸着香蕉、牛奶和蜂蜜的混合汁液,心里一阵舒坦。

"好喝?"

"好喝。"我说,"而且心情好。"

"是吗?不是正发烧的吗?"

"嗯。这样倒也不坏,整个人放松下来,好久没这个感觉了。"

"再放松、再随意些好了。"

"好。"

她从被窝一只只拿出我的手和脚,剪去指甲和趾甲。

"跟你说。"她说。

"说什么?"

"指甲最好剪得勤些。"

"那怕是的。"

"大人了。"

"倒没那么觉得。"

"真的?"

"总好像我们还是十五岁,趴在教室桌子上打盹做梦。"

"那样多好!"

"好不好呢?"

"果然那样,能再次娶我的?"

"当然,"我说,"如果我这样的也可以的话。"

"太好了!"说着,她起身走去隔壁房间。

过了一会儿,她的声音传来:

"去买点儿什么回来。"

"要买吗?"

"要的。晚饭用料也没有了。还要买别的,这个那个的。"

"唔。"

再次返回这边房间时,觉得她的眼角好像发红了。也许神经过敏的关系。

她把自己的前额贴在我额头上确认温度。

"相当高。"

"总是这样。我这身体对什么的反应都很夸张。"

"得注意才行。发烧马虎不得的。"

"知道。"

"去去就回。"

"嗯,我等着。"我说。

她出去买东西大约过了十五分钟,我的体温急剧升高。冷得发抖,胸口难受得没法说。我连脑袋都钻进被窝,但发抖还是没有停止。

忍耐了一会儿,短暂的平衡状态到来了。我拿过枕边的体温计,含在嘴里。每隔一分钟哔哔响一次电子音。看小小的液晶显示:40.5摄氏度。

蓦地,不安涌上心头。我想象自己死了佑司茫然伫立的光景。

多疑症式妄想。

所谓多疑症,好比对自己屁股根本没有的气味耿耿于怀而一个劲儿绕同一地方转圈的狗。稍有风吹草动就往坏处想,想个没完没了。

发烧,加上开始从阀门泄漏的化学物质,使得我的妄想成了脱缰的野马。

我想起以前发烧时从卫生所拿的退烧药。因为我尽可能不吃药,所以一动没动剩在那里。我决定赶在自己无法控制之前吃下去。

我爬出被窝,进入厨房,从餐橱抽屉里拿出药袋,分出一份含在嘴里。把水倒进杯里,"咕嘟"吞了下去。又直接爬回被窝。

这回不要紧了,我自言自语,烧会退去,佑司不至于孤苦伶仃。

我对自己的肉体侧耳倾听,等待变化的到来。

不久,听得"咔嚓"一声按上开关。心脏和胃之间确实有声音响起。事后得知,这是我的传感器对退烧药所含一种生物碱断然做出的反应。

世界一下子颠倒过来。

阀门全部打开,水准仪一动不动。尽管如此,仍有化学物质不知从哪里不断溢出。全身肌肉脱离我的意志,自行收缩。

胳膊和腿朝奇妙的方向弯曲,手指紧握,紧得足以把硬币折断。黑眼珠向上翻去,差不多可以看见自己的脑浆。心跳奏响帕格尼尼①的随想曲。心跳节拍委实高超绝伦。

这时,我几乎意识到自己即将死去。

幸好,泠买东西回来了。

"烧怎么样?"

---

① Niccolò Paganini(1782—1840),意大利小提琴演奏家、作曲家。作品有《二十四首随想曲》。

这么说着走进卧室的泠目睹的,是我那如干虾一般缩成一团不自然盯视哪里的身姿。

"你!"

她跑过来抱起我。我勉强对她说:

"救……救……救护……车……"

她点头,把我放回褥子,跑去电话机按119。

"马上就来。"

我说知道了。

我想看泠的脸,但很难捕入视野。眼睛看到的尽是天花板、褪色的墙纸一类物件。

泠一折回,重新抱起我的上身,一次又一次用手指梳我的头发。

"啊,怎么样才好?怎么样才能好受?"

我说这样就行。

呼吸不顺畅,怎么努力都只能发出耳语似的语声。我拼命举起右手,伸到她面前。泠轻轻握住我颤抖的拳头。

害怕,我说。

"不怕的,不怕,救护车马上就来。"

我点头。

因为实在痛不可耐,我闭起眼睛。地球以比平日快二十倍的速度旋转。如果不给她抱在怀里,我很可能被离心力甩出太阳系。

忽然,巨浪袭来,我猛吸一口气。

"怎么了?"

她耳朵贴在我嘴边。

"呼吸不了?难受?"

"对不起。"我说。

"为什么,为什么道歉?"

"约定的事没能做到。"

"约定?"

"本来说一起去旅行的。"

我朦胧的意识忘记了在这里的冷是幽灵,以为她是和我朝夕相处的妻子。

"本来讲好再一起去看烟花的……"

"迟早,总有一天。"

是啊,她说。

随即,浮现凄寂的微笑,以前也总是这样。

或许她知道那是不能实现的梦。

"那么就去。好么?一块儿去。所以,要坚持住。"

我的意识更加朦胧了。

她的语声听起来非常遥远。

"总让你操心,对不起。"

（陪这样的我陪到现在，谢谢了！）

"好了，不说那个了。最好别再说话了。"

额头响起低低的敲击声，可能是冷掉落的眼泪。

她吻在我闭合的眼睑。

"听话，慢慢呼吸，放松！"

但我没办法不说自己该说的话。

（佑司的事也拜托了。）

（和我长得一样，有可能变成我这样子。）

（痛苦的人生，所以……）

（所以，所以……）

朦胧愈发严重，甚至几厘米前的意识也模糊不清。

现在我在哪里呢？就连这个也糊涂起来。

我，我，我……

我说：

"在你身边很愉快，谢谢！"

又说：

"再见！"

二十一

救护车行驶当中，意识迅速清醒过来。血液中溢出的化学物质转化为温和无害的东西。

蓦然，我察觉已有很久没坐汽车了，但并未因此感到不安。救护车是最让我放心的一种交通工具。

"镇静下来了。"我对一直握着我的手的泠说。

"真的？"

"真的。"我张开手，又合上。

"喏，"我说，"能动了！"

手心有深深的指甲抓痕。如果泠不剪掉，伤也许更重。

"啊——"她叹息着说，"这下好了……"

"抱歉。"我说，"让你担心坏了。"

她微微点头，漾出释然的笑意：

"寿命都短了不少。"

事后不久我意识到那是她反语式的幽默。

医生听了症状，当即抽血检查有无过敏反应。结果没问题。医生以注视诈病之人的眼光看我。对这视线我已习惯了。因为发烧的确发烧了,就打了格林氏液点滴,然后回家。

坐的是出租车,但并没怎么感到不安。大概那种化学物质到底没有库存的关系。

返回寓所,我被敷上了冰。这是医生的嘱咐。

"不冷?"泠问。

"不冷。"我说,"蛮舒服,觉得好像成了阿尔卑斯的 Ice man①。"

"什么呀,Ice man?"

"就是给在冰河里睡了五千年的男子取的名字。"

"做梦做太多了吧?"

"肯定。"

泠从冰箱拿出"养乐多",加蜂蜜放在我枕边。

"吃?"

"嗯,吃点儿。"

她用小勺舀起"养乐多",递到嘴边。我侧起脖子,含了一口。

吃东西让人觉得舒坦,蜂蜜淡淡的芳香在鼻端升起。

---

① 冰人。

"这种感觉的发作以前也有过吧？"泠问。

"几次了。"我回答。

"救护车送医院，这怕是第三次。"

"前两次也是我陪去的？"

"是啊，是的。上一次也是你叫的救护车，记得两次都是半夜。"

她手拿小勺，望了一会儿窗外。从侧脸读取她的内心是困难的。只是，从神经质似的微微摇颤的勺尖，我可以感到她的心有些乱。

我推想，她是很实际的女性，烦恼也应是很实际的。

她的声音尖细，语尾略略发颤，和以往没有不同：

"如果我不在了，谁送你去医院呢？"

语调漫不经心，不注意很容易听漏，带有惦记洗的衣服干没干好的韵味。

"哦？"

我觉得似乎听得了一个重要事项。她看着我微笑，笑得甚是温柔。

"担心你啊。"

而后再次舀起"养乐多"送到我嘴边。我把小勺含在嘴里，品尝"养乐多"的酸味，问她：

"刚才没说如果你不在了？"

她调皮地歪起脑袋，瞪大眼睛，像是在问什么呀。

"刚才、说了吧?"

"说了。"她说,"如果雨季完了……"

听她这么说,我恍然大悟。

"记忆回来了?"

但她缓缓摇头。

"记忆还没回来。倒是希望回来。"

"那么……"

"看小说了,你的。"她说,"偶然发现的。"

"整理立柜时,鞋盒掉了下来,从那里出来的。"

我点头。

一切藏在那里。写小说的笔记本,还有不能让她看见的各种文件——医院收据、墓地使用证书等等,总之都是关于她的死的种种单据。

我后悔没有藏在她绝对碰不到的地方。小公寓套间,绝对保险的位置根本没有。

"什么时候?"我问。

"大约一个星期前。"

"没注意到,抱歉。"

"可以了。我也想就这么一声不响来着,一直佯作不知。"

"唔。"

"可我觉得还是应该善始善终才是。"

"善始善终?"

"比如设法让你们生活得好些,告别话也想准备好。"

"那小说是瞎编的,信?"

她浮现出凄然的笑意,微微摇头:

"怎么说好呢,看了你写的小说,终于可以理解了,理解了始终怀有隔阂感的意思。"

"隔阂感?"

"自己不是这个世界的存在那样的感觉,一直那样觉得的。也知道了多少放下心的部分——啊,原来我是'Archive'星上的人。而且,"她继续说,"你们的举动也够奇怪的。你讲我们的事情时不时像讲过去似的。"

不知道。我不知道,而她知道了。我的小说是在她来寓所时止笔的。可那也足够了。往下只要有种种单据就可以了。

"是为我着想才隐瞒的吧?别做出那样的脸色,"她说,"我不要紧的。"

"你总是那么说。"我说。

"因为和你在一起的么。"

和你在一起才得以心平气和。

"想一直在一起。"

"我也那么想啊,可是,肯定……"

"因为你自己那么决定的?"

"不知道,什么都不知道。不过,我对你说来着,说到了雨季就会回来。"

所以,肯定……

"雨季一完,就要回去的,我想。"

"一直在这里好了!"

"怎么才能在这里呢?"她认真地问。她比谁都渴求这个答案,"告诉我!"

我不能回答。谁都不能回答。也许有人知道,但已经永远闭口。

"倒是有件事一直在心里没能出口……"我说。

"什么事?"

"你是不是应该见爸爸妈妈一次?"

"怎么才能呢?刚才说了。"

"是不大容易。"

"若是 Nombre 老师,倒不要紧。"

"那是。"

"还是不见为好,"她说,"我没记忆,大概是为避免留下不必要的记忆。"

"是吗?"

她点头。

"想不起爸爸妈妈的长相。见了也什么都不能说,光是难受。"

"会那样的?"

"嗯,一定。算了。悲伤还是少些好吧?"

"果真那样?"

"嗯,一定。"

之后,她像突然想起似的从里面房间拿出一个白铁皮做的糕点盒。

"啊,是那个。"

"这也是那时一起找到的。"

"忘了。噢,是装在那里来着。"

照片。

"这张!"

她抽出一张,举在我眼前。

"我……活像别人。"

结婚时的纪念照。身穿白色婚纱的她和一身晚礼服的我。她隐约面带微笑,我因为太紧张了,脸白如纸。

"漂亮啊!"

"我?"

"当然。"

"谢谢。"她说。

"你好像不舒服。"

"差点儿晕过去。你在婚礼大厅问了好几次,问我要不要紧。"

"难受来着?"

"总那样。好在坚持下来了。"

"谢谢。"

"哪里。"

第二张是在教堂前拍的集体照。

"这是你的爸爸和妈妈,还有弟弟和妹妹。"

我手指着告诉她。

"都像是很温和的人。"

"那是的。"

"不过,婚礼规模不大啊,这就是全体?"

"是,全体。只亲属参加。紧挨我俩身后的高个子就是神父。"

"外国人吧?"

"嗯,名叫巴特曼。日语很好。"

"在这个人面前宣誓了?"

"是,宣誓了。"

"誓言可遵守了?"

"遵守了。任何时候都要互相关爱,是这个吧?"

"是啊。"

"我们始终如一。"

往下接连出现反映两人在这寓所生活场景的快照。

"这张照片里的我肚子大了。"

"佑司在里边嘛。"

"脸浮肿。"

"嗯，从那时开始你身体就有些不好。"

"呃，是的啊。"

"这是刚出生的佑司了？"

"样子好怪。"

"哪里，不是蛮可爱的？"

"呀，多少有点儿……"

"倒也是，"她说，"是有点儿……嗯。"

"大约过了半年，开始一天一个样。头发长齐了，眼角清秀起来。"

"就是这张？"

"嗯，那时候的。"

"确像英格兰王子。"

"嗯，简直一模一样。"

"啊，这张照片，手里拿那么多螺栓。"

"回想起来，这个爱好够长的了，要贯穿他一生。"

"现在也一点没变。"

"是缓慢成长那一类型，和我一样。"

"是吗？"

"我也还剩着乳牙，智牙一颗没有。"

"是够晚熟的了。"

"对。那么说来，麻疹也还没出。"

这时间里，我累了，睡了过去。

醒来时，她不在房间。

"泠？"我不安地招呼道。

"醒了？"说着，她走进房间，"量量体温可好？"

体温降到38.1摄氏度。

"啊，好啦，降下来了！"

"嗯，好受多了。"

"嗳，"她说，"往后要是再像今天这样发作可怎么办？我不在了哟。"

"不要紧的，又没有生命危险。难受得要死，以为真死了呢，结果没死。"

"可一个人是怎么都不行的。"

"有佑司嘛。"我说，"今天偏巧是白天，一般来说大的发作都在半夜，那时候有佑司。小子别看那样，还是蛮管用的。"

听我这么说，她想了想，点点头。

"那就好……"

"再说,不会吃两次退烧药的。这次发作怕是因为这个关系。不再吃药就不至于。"

"不能做的事又多了一项。"

"是啊。不过知道什么事不能做很重要。不知道就会出事。"

"像今天这样?"

"正是。"

"还是担心啊,"她说,"扔下你真是放心不下。"

"你总是这样。"

"总是?"

"总是担心我,自己的身体一直不放在心上。"

"这是天生的嘛。"

"不过……"

"什么?"

"不不,"我摇头,"没什么。"

不久,几乎感觉不到烧了。痛苦离去后,一种寂寞开始渗入心中。

"泠!"我招呼道。

"嗯?"她坐在枕边摘豆角筋。

"来这里呀!"我说,"到这儿来!"

她看我的脸,又看手里的豆角。那眼睛让我想起在那

个车站月台上往冻僵的手上哈气时的她——在令人想到犹豫的几秒钟沉默之后,她这样说了一句:

"那——就打扰了。"

"哇,够凉的!"

"啊,是吗?"我把放在身体四周的冰袋拿出被窝,"这回不要紧了。"

"你也够凉的了。"

"Ice man。"

"呃,是啊。"

随后,我伸手搂住她纤细的腰肢。一瞬间她畏缩似的做出反抗的表示,但马上放松下来,头放在我颚下。

"对了对了。"我说。

"哦,什么?"

"最佳体位。"

"这个?"

"是的是的。"

"下意识成了这样子。"

"夫妇嘛。"

"果然。"她调皮地说。也许有点儿害羞。

"早点这样就好了。"说着,冷吻在我脖子上。

"仅仅六星期恋爱。"

"怎么样合适?"我问。

"就这样,"她说,"就这样好了。"

"我回来了!"佑司放学回来,"妈妈?"

没房间隔着,佑司直接进了卧室。看了在被窝里抱着的狼狈不堪的父母,他不由冲口而出:

"哎呀呀!"

二十二

泠开始一点点为离开这个世界做准备。一切都是为了让我和佑司两人好好生活下去。她说等时机到了再告诉佑司,眼下继续装出没察觉他的样子。她看书研究我身上的缺陷,研究得相当深入。还花两个小时换乘电车,买了三个遮光瓶。

"芳香油,"她说,"薰衣草、桉树和檀香的。"

"怎么用?"

"让香味儿飘散就行。"

"那么简单?"

她点头。

"这也是你平时说的化学物质的一种。进入你的身体发挥作用,让你镇静下来。"

"如果还是不管用呢?"

"是啊……"她想了想说,"唱歌好了!"

"歌?"

"嗯,这首歌。"

> 一头大象,
>
> 撞上蜘蛛网,
>
> 玩得心花怒放,
>
> 又叫来一头大象。

"噢,"我说,"知道,佑司教了。"
"佑司?"
"那小子说是你教的。"
"唔,不知什么时候教的。"
"你是在哪里知道这首歌的呢?"
"不记得了。"她说,"一下子想起来了,说是难受的时候就唱这首歌。"
"肯定你也唱来着。"
"嗯,难受的时候。"

冷往纸巾上滴了一滴薰衣草油,我接过拿到鼻端。
"怎样?"
"嗯,好味好味。第一次闻这种味。"我说,"怎么说呢?好像让人怀念什么似的。"
"具体说来?"

"说不大好，比如小时候……"

"小时候？"

"噢，对了，"我再一次把纸巾凑近鼻端，"对对，小时候吹口琴时感觉到的气味儿。"

"口琴？会有这样的气味儿？"

"堂兄给的口琴，上下两格，铁的，很大。嘴唇碰那铁时在鼻孔里面荡开的，就是这种气味儿。"

看上去她好像很难理解我的感想。接下去又把沾有檀香油的纸巾递给我。

"啊，这个马上就知道了。"

"知道了？"

"奶奶的扇子。"

"什么呀，那是？"

"不错，正是奶奶那把扇子味儿，很独特的。"

她歪头沉思片刻，"啊"一声拍手道：

"真有可能。"

"指什么？"

"唔，檀香就是白檀嘛！"

"呃，那么……"

"扇子骨很多是白檀做的。"

"是吗？难怪？"

"那么，下一个。"说着，开始尝试桉树油。

"薄荷软膏味儿,就这个味儿。"

她也凑近鼻子,点了下头。

"是啊,我也觉得是。你这人容易感冒,"她说,"把这桉树油滴一滴到水里漱口,用专用油稀释了抹在喉结上也行。"

"明白了,照做就是。"

"不能吃药,就得注意别感冒。"

"嗯。"

"你的病让身体的免疫力也下降了。"

"真是那样的?"

"准是。所以你要格外小心。吃东西不要吃速食品,要吃完全由自己做的。"

"好。"

"好好吃青菜,佑司不愿意吃也得让他吃。"

"放心,包在我身上。"

冷一边凝视我的脸一边沉思。她的眼睛没有我映在里面,至少看的不是现在的我。她看的是六个月以后或更往后的我。

接下去,她说道:

"是啊!"

"是啊?"

"或许说给佑司比说给你更合适。"

"指什么?"我说,"你是说佑司比我更可依赖?"

"有的地方是这样的吧。"泠当即点头道,"以前说来着,佑司有一半来自我,那部分必定结结实实,我觉得。"

"那么,剩下那一半如何?"

"这——"她想了一会儿,"这——,怕是负责温柔什么的吧?"

"啊,是的。"

接着,泠开始教佑司做家务的各种技巧:菜刀的用法、好的菜肴用料的识别方法、洗的衣物要先砰砰拍一拍再晾等等。

令人气恼的是,佑司显示出足以成为优秀技术人员的素质。

感觉上我好像从正式选手沦为替补队员——一个坐在长凳上注视由教练指导新手的手脚动作的老人。嫉妒得几乎把毛巾角咬掉。

怎么老是那小子呀!

不过也真没想到——原先也让他帮忙做家务来着,但因为学的是笨手笨脚的父亲,他也总好像心中无数。不料跟优秀教师学以后,他当即发挥出固有的潜力。

不管怎么说,他有一半是泠的。经常傻乎乎说"是的吗?"那部分想必是我给的。

也罢,倒也没多大关系。

晚上,佑司看电视上的动画节目时间里,我练习写字。

"过去也有件事是经你提醒才做的。"

"是那样的?"

"想说'另一方面'的吧?"

"有点儿。"

"想必。"

她希望我完成小说。我说打算让佑司看,她十分高兴。

"乖儿子才六岁。肯定好多事都忘掉了。所以,"她说,"最好写成文章留下来,我想。把我和你的相遇,今天的我们。"

为此,必须用佑司认得的字来写,就是说要练字。

"笔记本上的不好认?"

"是啊,虽不能说是罗塞塔石碑①,但也相当相当可以了。"

"啊,也是。"

"佑司还是婴儿时候练字来着。"

---

① Rosetta Stone,1799年拿破仑的埃及远征军中的一名军官在尼罗河口罗塞塔镇附近发现的石碑残片。

"那可能是很久以前的事了。坚持下来，如今肯定写一手好字了。"

"坚持了三个月哩。后来佑司呼哧呼哧的了，就没再练。"

"来打扰了不成？"

"是啊，反正是很感兴趣的。一副'你干什么呢'的神情凑了过来，还想抓圆珠笔。"

"可爱啊！"

"可爱自是可爱。问题是重复一百万遍，到底让人冒火。婴儿何苦重复个没完没了呢？"

"怕是因为刚才做过事马上就忘掉的关系吧。"

"也许。由于太让人冒火了，就把被褥堆得像山似的，弄成齐胸高的战壕。可佑司还是嬉皮笑脸地翻越过来。"

"健康婴儿嘛！"

"那倒是。喝了好几加仑你那特别乳汁的关系。精力简直和全盛时期的罗杰·班尼斯特不相上下。"

"那人是谁？"

"我熟识的人。"

"是吗？"

"只是，人家不认识我。"

"一想就是。"

为慎重起见，在此交代一句：罗杰·班尼斯特是人类第一个以不到四分钟时间跑完一英里的人。甚至被一家杂志选为代表二十世纪的一百人之一。佑司也是可以同了不起的人物相提并论的。

二十三

周末去植物园远足。

我有一架祖父很早以前传给我的美能达相机。

"我能照下来吧?"

"放心,你就在这里的嘛!"

我像往日一样让泠坐在自行车后架上,自己蹬踏板前行。佑司骑儿童自行车跟在后头。

"再不骑小摩托了?"泠问。

"不了,不骑很久了。害怕,不敢骑。"

"还是不骑好,危险。"

"是啊,居然骑了那么久,又没有安全带。"

"而且,"泠说,"也没有安全气囊。"

"的确。"

植物园久违了。泠身体好的时候每月都来一次。

我把自行车停在入口处,走进动物园。往里去有五十米长的石板路。右侧草坪立着告示板。

上面写有"现在能看的花"字样,下面挂着大约十种花的铭牌:

鸭跖草、水杨梅、珍珠花、紫斑风铃草……

"有大叶玉簪花!"佑司高兴地大声说道。声音在没有人气的园内回荡开来。

"这座植物园有很多玉簪花,除了大叶玉簪花外,还有其他两种玉簪花,都很多。"

"知道蛮多的么。"

"都是从你那里学来的,现学现卖。"

"是吗?"

"嗯。你知道二百种花的名称,可能更多。反正你喜欢花喜欢得不得了。"

"感觉上倒也好像记得。"

"再往里去看看,里面有你中意的场所。说不定记得起来。"

"嗯,或许。"

我们在树间缓缓踱步。

"这是七叶树。"我一一指着旁边的树道出名称。不用说,一切都是泠告诉的。"这是流苏树。"

"流苏树?奇怪。"

佑司哧哧笑了。

"好像该叫茶叶树才对吧?"

这是鹅掌楸。

"鹅掌楸?"

"是的,不过不是百合的①哟。春天开始的花和郁金香一模一样。开花时常和你来的。"

"是吗?"

"没错。"

我们逆时针方向在园内走动。走着走着,在最深处有一座紫藤架,脚下茂密地长着白三叶草和紫苜蓿。我们把塑料布摊在上面,开始吃泠和佑司做的盒饭。

"这维也纳香肠是我切的。"

"了不起,成章鱼了。"

"是吧?"

"好静啊,"泠说,"几乎没人。"

"大家都集中到有名的花那里去了,绣球花啦薰衣草啦玫瑰啦。没什么人特意来看鸭跖草,所以这里总这么安静。"

"我中意,中意这地方。"

"你一直这么说的。没想起什么?"

"能想起吗?不过,好像胸口里面作痛了,所谓怀念,恐怕就是这种感觉。"

---

① "鹅掌楸"日语写作"百合の木"。

"准是。"

吃罢盒饭,佑司跑去看用砖修建的大水池。水池上漂着荇菜的叶片,灯芯草一片苍翠,水里有很多黑色的小鲫鱼。

"佑司高兴着呢!"

"那小子欢喜的地方就是那里。看水里百看不厌。"

"真的?"

"真的。"

泠"啊"一声,仰面躺在塑料布上。我也挨她歪倒。

"好舒服啊!"

"是啊。"

远处哪里传来孩子们的欢声笑语。牛虻飞舞的声音越来越近,旋即远去。

"有点儿困了。"

往旁边一看,正同定睛看我的泠的眼睛碰上。

"雨季就要过去了。"泠说。

"是的啊……"

"不愿意和你们分开。"

我搂过她不大的脑袋。

"唔。"

"这要是做梦就好了。"

"嗯?"

"睁眼一看,你就在高中教室邻座上。"

"呃。"

"而且对你这么说:'我们结婚吧,生一个英格兰王子那样的男孩儿。'"

"好。"

"往下你怎么说呢?"

"拜托了!"我说,"如果我这样的也可以的话。"

我们接了个吻。

"我的初吻。"泠说。

"多谢了!"我说,又问,"不再来一个?"

三人照了相。把照相机放在石雕饮水台上,用自拍功能拍了好几张。佑司在中间,我和泠一边站一个。我们手拉手。百日红在我们身后开着洁白的花。

在植物园对面的园艺店我们买了一盆玫瑰。春季花期已经过了,再开花要到秋天。

"花叫什么名?"佑司问。

"辉夜姬[①]。"泠说。

[①] 日本民间故事《竹取物语》中的主人公。从竹子中出生,由坎竹翁夫妇抚养长大,美貌出众,有五名贵公子和帝王向其求婚,均遭到拒绝,最后辉夜姬升天奔向月亮。

"辉夜姬?"

"是的。这孩子就请佑司照看吧!"

"我?"

"嗯。要好好照看,秋天让它准时开花。"

"开什么样的花?"

"听说是黄花,味儿香得很。"我说。

"那好,试试看,加油就是。"

"交给你了!"

我们带一盆玫瑰返回寓所。

二十四

剩下的时间过得总比预想的多少快一些。

泠教佑司做饭,我到了晚间练习写字。购物回来路上走进没了老师和维尼的十七号公园(老师在我发烧躺倒的时间里被转去远处一家设施,我们过了好一段时间才得知)。晚饭后三人沿着水渠旁边的人行道散步。

我们在佑司看不见的地方接了几次吻。

电视天气预报说雨季即将结束。今天凌晨下了一场很大的雷阵雨,但那也是告知雨季结束的雨。

只剩两天。

佑司忙着吃早餐,没注意听电视上的声音。

我目视泠。

泠像要哭出似的摇头。

"求求了,还没……"

佑司一无所知,只顾吃个不停。

这天夜里，我和泠做爱了。

确认佑司已发出那种浑浊的睡息之后，她钻进我的被窝。

"第一次等了六年多时间。"

"这回六个星期。厉害啊！"

这个国家有很多情侣第六天就这样。我在被窝中脱去泠的棉质睡衣。她的身体硬硬的，任我摆布。

"动作够熟练的？"

"托你的福。不知和你练过多少次了嘛。"

三角裤也脱掉后，我揉成一团连同睡衣扔去被外。她慌忙伸出手，把白色三角裤藏在睡衣下面。这时，我看见她娇小的乳房一摇一摆的。觉察我的视线，她重新把被拉到肩头。

"怎么回事呢？"她说，"只是不穿衣服就这么让人不安，心里空落落的。"

"是吗？"

"嗯。你也脱了，不愿意光我一个。"

"明白了。"我脱了睡衣和裤头，同样揉成一团投去被外。

"好了，这回一样了。"

我们侧身相对，缓缓地静静搂过对方的身体。

"嘘，"她说，"这就是了？"

"不错。不过,只这个还不成。"

"不得了啊,能跟上你吗?"

"不要紧。至少以前的你不要紧来着。"

"那,努力就是。"

"可是这样的?"

"不是么?"

"是的吧。"

不料,还真不是不要紧。弄得她咬紧牙关。

"痛啊。"

"不信。"

"真的。"

"可是……"

"是不是位置不对啊?"

我让神经集中到一点。

"啊,对的呀!"

"那,为什么?"

她从下面以不安的表情向上看我。我双手支撑自己的上身思索片刻。

"离开这颗星球又返回的时候,是不是一切都被删除了啊?"

"删除?"

"好比电子游戏。以前的经验回归为零。"

"果真？"

"所以才没有记忆，没有体验。"我说，"准是。只有输入必要的信息，才能重新开始。"

"那，我成了处女？"

"是那么回事。"

她为之困惑。

理所当然。

有了六岁孩子的母亲被人说是处女，任凭谁都困惑。

"不要紧，"我说，"交给我好了，我经验多着呢！"

她听了，终于舒展表情。

"是啊，是那样的。"

她闭目合眼，表示顺从似的全身放松。我慢慢沉下去，她弓起背，现出白色的喉结，嘴唇微张，透出低低的语声：

"求求你，慢点儿、轻点儿……"

然而，我觉得自己未能做得像她期待的那么灵巧。好几年前两人做的第一次倒好像更好一些。当时我只想那一件事，根本顾不上她的感受，而且两人都什么也不懂，就那么结束了。而这次有了一些经验，以致过于照顾对方，畏首畏尾，结果反而让她遭受了更长时间的痛苦。

懊恼之余，我茫然看着她完全裸露的白色乳房，汗津津的，宛如一对刚出生的双胞胎小猫。

"辛苦你了，做得不错！"

听得我这么说，闭目合眼的她微微一笑。

"如果我说也没怎么辛苦呢？"

"不不，你的确够辛苦的了。"

"谢谢！"

"哪里。"

两人仍赤身裸体，并排躺着盯视天花板。

"嗳，"泠说，"很高兴。"

"真的？"

"美妙的六个星期。"

"呃。"

"恋爱了。"

"是恋爱了。"

"拉手，接吻。"

"又做了爱。"

"还当了母亲。"

"够可以的了，"她说，"别无他求。"

"唔……"

"见到你们真好。"

"唔……"

她把双手轻轻放在自己胸口。

"或许你觉得奇怪，"她歪头看我，"一开始还嫉妒你的太太来着。"

"我的太太是你呀。"

她摇摇头：

"我是我。我是六个星期前刚出生的女孩儿。"

"唔，有道理，是那个感觉。"

"荣幸啊！被你们那么疼爱，得到那么多回忆。"

"呃。"

"你们以怜爱的眼睛看我，而我却不是我，是你们回忆中的女性。所以，我拼命努力，想成为好太太，想让你们爱这个我。"

"嗯，是恋爱了，像最初那样。"

"是吗？"

"心怦怦直跳。我又一次陷入热恋之中，因为刚出生的你。"

泠以目眩似的眼睛看我，像马上要哭出来一样绽开笨拙的笑容：

"喜欢你喜欢得不行。"

我伸出手，把她搂到怀里。汗凉了，她的身体凉瓦瓦的。

"我也同样。我们肯定要这么热恋好多次。见面就又要给吸引住。"

"迟早还会在哪里……"

"是的,迟早还会在哪里见面。那时你也一定要让我在你身边才行,心情愉快得很。"

"嗯,一定。"她说,"我也喜欢在你身边。"

她把头放在我颚下。

"最佳体位,是吧?"我锁骨那里低低响起泠的语声。

"夫妇嘛!"我说。

"嗯,是啊。马上,"她说,"马上就到下一天了。"

不困?我问。

她答说不困。

"再说明天是星期六,不用上班,无所谓的。"

"那么,就这样再待一会儿可好?"

"好,就这样待一会儿好了。"

"谢谢。"

"哪里。"

二十五

和前一天没什么不同的不起眼的一天到来了,但对我们来说,只能说是悲伤的一天,一如一年前的那一天。

并非所有的插曲都充满欢欣,悲伤插曲也是有的。悲伤插曲多数都是关于离别的。我从未听说过没有离别的相遇。

雾一般的雨徐缓地落在地面。天空厚厚涂了一层乳白色。无延展无纵深的平庸的天空。

我们撑伞朝树林走去。小水洼形成了,佑司一一踩着走过。树林入口处那座酿酒厂依然"咕、咕、咻——"呻吟着。我们沿着不知积了几层的湿乎乎的落叶前行。柞树和野茉莉淋湿的枝叶遮蔽了天空。小路的旁边,酢浆草开着黄色小花。从地面隆起的松树根挂了一层雨珠,闪闪发光。

雨被树叶挡住,淋不到我们。泠和佑司收起伞,手拉手走着。

"还想看看紫萼花。"泠说。

"马上就到,就在前头。"

可是,到了一看,花不见了。只有舒展而好看的叶子被雨打得摇曳生姿。

"花好像开完了。"

"呃,是啊。"

我们来到树林外面。路微呈上坡,树林在坡上终止。

泠放慢脚步,定睛看着身旁的佑司。

"看什么?"察觉母亲视线的佑司问她。

"妈妈我……"

"噢。"

但她未能说出口。

"什么呢?"

佑司以难以判断的表情向上看着母亲,不知是该期待,还是应不安。

"妈妈我……"她好歹说下去,"很快就要再见了。"

表情从佑司脸上消失了,小小张开的嘴唇微微颤抖。他久久注视母亲的脸。

终于,像用眼追逐落叶似的缓缓低下头去。

"很快,很快是多久呢?"视线转向被雨淋湿的地面的佑司问。

泠摇头道：

"妈妈也不知道。"

"是妈妈决定回去日期的吧？不是想起来了么？"

"不是那样的，是从爸爸那里听来的。"

"讲好不说的呀。"低着头的佑司自言自语地低声说。

"妈妈问的。问了才说的。"

"是的吗？"

"嗯，是的。"

两人于是沉默下来。

两人拉着手，合着步调慢慢前行。看上去像是世界最初或最后两个人。无人可以取代。母子俩恰如同一生命体紧挨紧靠。

我走在两人后面，怅然凝视母子的背影。泠在白色连衣裙外面披了一件樱色对襟毛衣，和那天是同样装束。佑司穿着七分裤和黄色长袖T恤。细腿下面是一双同样颜色的长筒靴。靴上画着一条酷似维尼的狗。是泠给佑司买的。晴天他也穿这长筒靴走路。

"妈妈？"

佑司开口了。声音和泠很相似，却比泠高三度。

"妈妈，对不起。"他说。

冷停住脚，弯下腰，视线同佑司相对。

"为什么道歉？"她撩起淋湿的头发，脸凑近幼小的儿子，"你什么坏事也没做的呀！"

佑司静静摇头。

"我做坏事了。"他翘起尾音，自言自语似的说。语气像是克制着什么，克制着涌上喉头的什么。

"你是好孩子，别那么说。"冷用手轻轻抚摸佑司的脸颊。

佑司鼻头眼看变红，连眨了好几下眼睛。

"是因为我的吧？"佑司以尖细颤抖的声音说，"是因为我妈妈才死的吧？"

冷惊讶地仰脸看我。

我迅速摇头，摇罢又缓缓点头。

不对，不是他的原因。

你知道的吧？我的想法一如你读到的话语：他——佑司如落地前的雪花一样纯洁。

她同样点头。

嗯，知道的，我的想法和你一样。

冷盯视佑司的眼睛说：

"不是那样的。"她现出从未有过的严肃表情，"不对的。"

"对的，我知道！"佑司用小拳头揩去溢出的泪水，"一个亲戚告诉我的,说是因为我出生妈妈才死的。"

他抬头注视泠。变红的脸颊满是泪水,桃红色嘴唇开成"O"字向母亲强调。

"我一直不知道,"他连续眨巴眼睛,"不知道这回事。要是知道了,我会成为更好的孩子的。"

对不起。

佑司抽着鼻子。

"一直想道歉来着,对不起!"

对不起。

"别道歉了,"泠说,"你一点也没有错,你是个好孩子,是世界上最好的孩子。"

她的语声简直不是她的语声,嘶哑,颤抖得很厉害。

佑司抽着鼻子说:

"如果我不出生,妈妈不是可以一直和巧君在一起了?"

"不是那样的。"

不是那样的。

泠用手指梳理佑司给泪水打湿的头发。

"妈妈么,即使不生佑司,我想情况也一样的。"

佑司不再眨眼。

"再说,没有你的人生是不可设想的。我开始觉得,因为有了你,我才有了自己的人生。"

"是的吗?"

"是的。如果不遇见你,就算多活五十年,我也不会感觉这么充实。"

"真的?"

"嗯,真的。爸爸也好妈妈也好,是为了你才相遇的,为了见你。"

"见我?"

"不错,见你,见的只是你。我的英格兰王子。"

"你说谁?"

"鼻子老是堵塞,喜欢收集无用垃圾那样的玩意儿,一会儿一个'是的吗?'——你说这是谁?"

"是的吗?"

"正是。我的再好不过的宝贝。"

"那,指我?"

"嗯,指你。"她和佑司贴脸,"成了漂亮的大人喽!"

吻了一下脸颊,又撩起头发吻在额头上。

"我虽然不能亲眼看见,但一直那么祝愿,祝愿你的人生充满爱。"

"在'Archive 星'上?"

"嗯,在'Archive 星'上,在那里永远想着你们。"

"我……永远不会忘记妈妈的。"佑司紧紧搂住母亲的脖子低语,"永远不会忘记,永远记住,记住巧君迟早要去'Archive 星'跟妈妈相会。"

"谢谢。妈妈也绝不会忘的,我的乖儿子!"

我爱你。

说着,再次紧紧搂在怀里。

"我的人生虽然短暂,但由于得到了你,每天都过得十分充实。"

谢谢!

"爸爸也托给你了,替我好好照看爸爸。"

"嗯,一定。"

泠用手帕擦拭佑司的眼泪和鼻子。

"还不会那么快就走。"她说,"不要紧的。"

佑司点头,两人拉起手重新起步。

树林没有了,天空展现在眼前。

佑司如醉如痴地找宝。他的宝物有螺旋口,有的带八个小齿。

风雨欲来的气息笼罩着我们。

她双手拨开湿头发,露出我从十五岁时就开始看的形状娇好的额头,几根下垂的乱发贴在上面。

"这回可以的了?"她问。

"嗯,佑司听了你的话终于可以原谅自己了。"

"想不到他那么痛苦。"

"是没觉察的我不好。好好给他讲讲就好了!"

"不能怪你。"她的语气很自然,仿佛表示不用说的事也还是要说的。

我点头,感觉自己的心情放松下来。

我们背靠开始崩塌的墙壁站着,身后不远处就是写有"#5"的门,身旁有个支柱弯曲的信箱。一切都被雨淋湿了,看上去分外陈旧。

"跟你说。"泠说。

"嗯?"因为她的声音一如往日,我便一如往日地应道。

"看情形马上就要分别了。"她以傍晚还能相见那样的口气说道。

然而不是那样。

她举起右手给我看:第二关节往上消失了。只留下模模糊糊的轮廓,实质性存在大多去了别的什么地方。树林透过她本来应有的手指闪现出来。

我胸口响起开关按合的声响:

咔嚓。

我感觉得出,阀门打开,水准仪向上弹起。

"不痛?"我一阵不安,声音发颤。

她以不可思议的眼神凝视自己的指尖:

"不痛。只是觉得指尖变凉。"

"那么,还是有的吧?"

"嗯,肯定还在哪里。"

"你要去那里了？"

"我想是的。"

"如何是好？"

"握住手。"她神色凄然，"求求你，求你握到最后一瞬间。"

"好！"

我用自己的右手握住泠的左手，用力握。

就好像相信这样一来就能把她留在这个世界似的。

泠用纤细的手指紧紧回握我的手。

她的手指微微颤抖。她在害怕，恋恋不舍。尽管如此，还为我着想，佯作镇静。

我对自己说：

坚强起来！

为了她。

"不要紧，"我说，"有我在！"

泠脸色发青地点头。

我们手握手，心贴心，度过了第一场不安的风暴。

不久，短暂的平静来临。

"跟你说，"她说，"佑司的事，委托你了。"

"嗯。"

"好好爱他，连我那份。"

"嗯。"

可是,她的话马上中断了,低头咬紧嘴唇。薄唇之间探出虎牙的尖尖。

她闭起双眼,流下一道泪水。

"难受啊!"她说,"不想离去啊,还想留在这里。想看佑司长大,想一直待在你身边。"

她呼出一口气,扬起脸。

"不行的,不能说这些让你难过。"

"没关系,尽管讲给我!"

她闭目合眼,轻轻挥动拳头。

"完了,说不出话了。你说,说点什么。"

"我⋯⋯"

终归,我出口的话是一直闷在心里的情思:

"⋯⋯我想让你幸福来着!"

我往握住的手上运力。她做出反应,使劲回握。

"想领你去看电影,想两人从高楼上看夜景,想一起喝葡萄酒,想像普通夫妻那样为你做普通的事来着。"

但没能做到。

泠在这小镇上结束了短暂的一生。原本可以奔赴无限广阔的世界,然而她心甘情愿和丈夫朝夕相守,不想离开这里,如获至宝地捡拾在别人看来微不足道的细小的快乐。

例如镶在廉价框里的自画像那样的微小欢欣。

"对不起啊!"我说。

她以湿润的眼睛盯视我,浮现出发僵的笑容。

"为什么——?"

她的语声因为泪水成了鼻音。

"为什么咱家的男人总是一个劲儿道歉呢?"

她的薄嘴唇失去血色,微微发颤。

"我很幸福,什么都不要,只要能在你身边。"

知道么?这就是世上最大的幸福。

"是这样吗?"

"是的。"她说。

"要有自信,你是个极出色的人。"

"说这话的只你一个。"

"不会不会。"

"是的是的。你和别人不同,只喜欢我这种差劲儿的。"

她一声不响,以温情脉脉的眼光静静注视我。

"嗳,"她说,"我可使你幸福了?"

"幸福,太幸福了!你肯和我结婚,光这点就让我幸福过头了。"

"是吗?"

"嗯。"

泠右臂的臂肘以上部分已经消失不见了。时间所剩无几。

"注意身体!"

她说。

大眼睛里涌满泪水,眼圈成了樱花色。

"只这个放心不下。"

"注意就是,争取多少好些。"

"努力活着!"

"嗯。"

"你背负的东西只比别人重一点点,只要努力迈步,不管多远都会走到,肯定。"

噢,那是。

她的身体忽然一摆,连在一起的指尖的感觉变得轻飘飘的。

她的右半身已经消失。

尽管这样,她依然拼命向我传递话语。

"在你身边很愉快……如果可能,真想永远在你身边……"

"呃。"

"爱你,喜欢你,当你的妻子真好……"

"我也一样。我也……"

她微微一笑。

一半的微笑。

"谢谢。和你……"

早晚还会在哪里和你相见的……

唯独话语飘浮在什么也没有的地方。

我注视自己刚才紧握的右手，那里有的只是同她半身十分相似的樱花色晕痕。少顷，阵风吹来，那也一去杳然。

只有她的气味留下。

是"那种气味"。

她向我发出的亲密话语。

世界上唯一的话语。

"泠，"她说，"这就是我的名字？"

是的。

那是你的名字。

世界上唯一的、我心爱的妻的名字。

再见吧，泠。

佑司气喘吁吁地跑来。

"看呀！"

他举起的手中握着小小的链轮。

"厉害吧？我要给妈妈，妈妈在哪里？"

我说不出话，勉强止住眼泪，做出僵硬的笑容，连连点头。

"在哪儿呢？告诉我！"

可我还是开不了口。佑司重新跑开。

"妈妈，你在哪里？"

"看呀，找到好运啦，我要给妈妈！"

"妈妈，在哪里呀？"

妈妈？

妈妈？

二十六

泠离去两天后雨季宣告结束。看来走得够急的。

只两人的生活又开始了。

但房间每个地方都留有她的回忆,关于仅仅六个星期便离去的女性的回忆。

"你呢?"她问,"你幸福吗?我使你幸福了么?"

每当这句话萦回脑际,我就向遥远的星球上的她发出呼喊:

你总是这么问我,问是不是使我幸福。你大概不知道,不知道拥有这么想的妻子的人是多么幸福。

"真能干,了不起!"这也是你的口头语。

想到你不能这么问了,我就悲从中来。只要有你这么说,我任凭多少辛苦都能吃,哪怕冥王星都能坐火箭上去。可我如果那么说,你肯定夸张地不断眨眼,神情像是说"说谎不可以的哟"。

只剩两人我们也相当能干。佑司成了比以前更可信赖的帮手，多少有大人样了。

原来一直以高呼"万岁"的姿势睡觉的他，近来开始俯下身子，以敬礼姿势睡觉了，抬高右侧臂肘，指尖贴着太阳穴。睡相看上去很辛苦，但睡得很香甜。整个夜间到底在向谁表示敬意呢？

早上一起来，就向柜上摆的照片说"早上好"。是在植物园照的。把佑司夹在中间，泠和我在两侧面带笑容。以百日红洁白的花朵为背景，我们一副幸福的样子。那眼神，仿佛他们眼前某个地方铺展着无人知晓的美丽世界。此外，佑司还给"辉夜姬"浇水，有时也帮忙倒垃圾。

我们每天都换衣服，吃饭时规规矩矩，不再掉掉洒洒了。晾衣服时不忘"砰砰"拍几下。

到了晚上，我练字，然后接着写小说。睡前念《吉姆·纽扣》给佑司听，周末去树林，在工厂旧址拾螺栓。

我天天骑自行车上班，像以往那样看着发给自己的资料处理当天事务。永濑已不再有奇特举止了。我已记住穿时令的西装。头发也每个月理一次。所长一如既往地在自己桌上睡觉。

他越来越和大白熊犬彼此彼此了。

如此这般，我们被冲往一点点远离"那天"的地方。

但是泠仍和我们在一起。她在我的身边，在佑司的身边。

我练字的时候,感觉她在隔肩窥看。我似乎闻得她的气息,甚至听得她的语声。

"跟你说……"

我觉得她在这样招呼我,每次都回过头去。

晚间睡觉时我觉出她在自己身边的体温。脖子有痒痒的感触,听见她哧哧笑问"最佳体位"的声音。

不久,秋声传来了。

那是秋虫的鸣声,是稻穗在阵风中飒飒摇晃身子的低语。

"辉夜姬"开出优雅的黄花,弥散甘美的香气。

"这、是妈妈!"佑司说,"喏,妈妈的气味!"

"是啊。"

她任何时候都在我们身边。

二十七

在一碧万里的晴空下,我们骑自行车朝车站飞奔。打算换乘电车,花两小时去看望海边小镇的 Nombre 老师。

那也是泠的心愿。她对 Nombre 老师念念不忘。

"一个人怕要寂寞的吧?"

"不会有什么不便吗?"

她甚至说过要一个人前去探望。终归由于老师状况不好而作罢。

她离去前还求我来着,况且我也想去看看。泠的事、维尼的事、小说的事,想说的话多得说不完。

这样,我决定去一次。在做出决定那一瞬间,脉搏就加快二十次。

妙!

飞往冥王星的宇航员的忧郁——那就是我的心情。

到了车站,最先吃惊的是自动售票机。十年左右的空白时间里,这种装置进化到如此地步。反正,按钮数量多得不止一倍，而且有液晶显示，若不按部就班操作，儿童票就买不出来。出来的票薄薄的，像玩具车票。估计就是把这车票插进自动检票机的小缝里。

从电视上知道有自动检票机这个物件，但实际站在它跟前，不由感到分外紧张。自上次在哪里的一家宾馆挑战自动旋转门以来，这么紧张还是头一次。

尽管如此，我还是得以应付下来，精力消耗得相当厉害。

我对佑司说：

"坐慢车去吧。"

"还是特快省时间。"

"不，特快不好，很长时间才停一次车。"

"长又会怎么样呢？"

"怎么样也不怎么样。怎么样了就麻烦了。"

"是的吗？"

"正是。"

乘坐慢车，一共要停四十多个站。

行驶，停下，"咳——"长叹一声，再次吆喝着起步。如此重复四十次以上。

类似某人的人生。

咳——

一会儿，车来了，我们坐了上去。

腿到底有些发抖,我紧紧握住佑司的手。

"巧君。"佑司说。

"什么?"

"手出好多汗的哟!"

不用说,是冷汗。

车门关合,车"咣啷"开动了。 就在这时,我听见"咔嚓"一声——熟悉的声音,在胸与胃之间。

我慌忙取出檀香油遮光瓶,用吸管往手帕滴了一滴,捂在嘴上。 一股甜香在鼻腔扩展开来。 阀门诚然打开了,但泄漏的化学物质得以控制在最低限度。

我紧靠车门旁边站着,把意识集中在窗外景色上。

"坐在座位上吧,晃晃荡荡的。"

"不,还是站着好?"

"是的吗?"

"嗯。 这样能缓冲紧张。"

"够你受的啊。"

"是够受的。"

我数点在铁路旁边的公路上行驶的汽车数量。 总之,只要意识到自己在乘电车即可。

"一、二、三、四……"

"什么呀?"

"数汽车。"

"有意思,也算我一个。"

"好好!"

是的,这是一种游戏。我不把它看作忘记乘电车的手段,而视之为一种游戏。问题是,这样势必要不断在心中重复"这是游戏"。而这样的游戏是不可能有乐趣的。

这时间里,田园风光绵延不断,汽车一下子不见了。于是,泄漏的化学物质开始增加,同汽车数量成反比。我手捂胸口,确认心跳,深深呼吸,慢慢吐出。

我噘起嘴,嘴唇"砰、砰、砰"发出声响。

砰、砰、砰、砰。

"什么呀,那?"

砰?

"所以问是什么嘛。"

"这么砰砰出声,心情可以镇静下来。"

"是的吗?"

"你也一起试试?"

砰、砰、砰、砰。

砰、砰、砰、砰。

"嗳,"佑司说,"人家都看着呢。"

"你那么可爱,都看呆了。"

"不会吧?"

"会不会呢?……"

"再唱歌好了。"

"歌?"

"妈妈的歌,妈妈教的歌。"

"对了!唱那首歌。"

"一起唱试试?"

"好,唱!"

"小声唱,你声大。"

"明白了。"

一头大象,

撞上蜘蛛网,

玩得心花怒放,

又叫来一头大象。

如此这般,路上总算坚持下来。闻檀香油味儿,数汽车数量,发出"砰、砰、砰"声响,还和佑司唱歌。途中下了三回车,为平复心情而错过了几班车。佑司默默陪着我,半句牢骚也没发。

不出所料,冥王星离得很远。

咳……

设施位于望得见海的半山腰，一座给人以简朴整洁印象的六层建筑。

在传达室打听老师房间，告知在三楼最里端。我们爬楼梯上到三楼。

"本来有电梯的。"

"有是有，可爸爸喜欢楼梯的。"

"为什么？"

"因为不知道电梯会把咱们带去哪里。"

"是的吗？"

"还不是没有窗，门又关得严严的，哪里知道被带去哪里呢？带去火星都有可能。"

"可能吗？"

"可能。最糟糕的乘用物。"

"怪人！"

老师在房间。他正在四人住的房间的靠窗床上欠起上身看书。没看见其他人。

"老师！"

我的声音使得老师从书上扬起脸。

"噢——"他发出呻吟般的声音，而后大大点头，"来啦？"

"来啦！"佑司说。

老师把书放在床头柜上,以屁股为轴转过身体,脚落到地板上。

"去天台吧。"老师说,"再好不过,风景好。"

老师小心翼翼地缓缓立起,拿起床边放的手杖。

"好,走吧!"

老师轻拖左腿,走在我们前面。

"康复的关系。"老师回过头,"好歹可以用自己的腿走路了。"他脸色很好,声音也不含糊。

"好像好很多了。"

"是啊。以前的生活看来相当糟糕,现在的生活才算得上健康。"

"像是。"

老师和佑司坐电梯,我顽固地选择楼梯。通往天台的门打开那一瞬间,视野整个扩展开来,满目苍翠。老师和佑司看着我笑。

"慢呀。"

"因为不想去火星的嘛。"

"瞧你!"

天台全部铺了人造草坪,放了很多长椅。几伙老人和大约是其家人的人一面看海,一面静静交谈。

"景色好漂亮啊!"

"是吧。"

"多少年没看见海了呢？佑司你是第一次吧？"

"要是真正的海的话。"

"是，这是真正的海。"

"有点害怕似的。"

"是啊，真正的海的厉害就在这里。"

蔚蓝的天空飘浮着鱼鳞云。云絮如南飞的鸟群，朝着远方水平线飞去。凉丝丝的海风拂动着佑司蜂蜜色的头发。

"泠可走了？"老师问。

我点头。大体情况已在给老师的信上写了。

"感觉上好像转眼间的事。"

"和雨一起到来，和雨一起归去……"

"绣球花一样的人物啊！"老师轻声自语。

"不过我恋爱了一次。"

老师"嗯嗯"点头。

"仅仅六个星期的恋爱，可我幸福到了极点。"

老师仰望寥廓长空的鳞状浮云：

"秋穗君。"

"嗯？"

"能够实现这种相遇的人，这世上能有多少人呢？"

老师缓缓放下视线，看着我笑。泪眼的深处，浅淡的眸子闪着温和的光。

"相遇，必然相互吸引，一而再，再而三。"

颤抖的手指朝向水平线。

"就是那种感觉。天空和大海,肯定要在一起,无论何时、何地!"

我们都在持续寻求一个——仅仅一个——那样的对象。

(有人没有啊?我在找恋爱对象。)

"你们是遇上了!"

"好像。"

"像大海。"

"像天空?"

维尼的情况也一五一十告诉了老师。

"它嘛,"全部听罢,老师说,"总之有一颗自由的心,不愿意被束缚。"

"能活下去么?"

"放心,它顽强着咧。肯定在哪里自由自在地活着呢。"

"呜——?"佑司说。

老师向下看着佑司,像是问什么意思。

"呜——?"佑司得意扬扬地重复道。

"这个么,"佑司说,"维尼叫来着,这么叫的。"

"呜——?"

佑司学维尼叫学得极像,我横竖学不来。虽说是假声,但就像被紧紧勒住脖子的人发出来的,妙不可言。

"就是这个声音?"老师问。

"是,就这么叫的。"

"离开您家时,维尼第一次发出的声音。"

"不知道的。"老师说,"好一个骗子,一直假装不会叫。这家伙可不得了!"

"看样子很寂寞,您不见了也好离开那个家也好。"

"我也一样,离开它相当寂寞。不过么,"老师继续道,"我们都会活下去。分别次数再多也好,离得再远也好,都会活下去的。"

好了,冷了,回去吧。

返回房间,老师从抽屉里拿出一个白色信封。

"给你的。"

接过看背面,写有"秋穗泠"。

"大约是住院三天前的事吧,泠在公园给我的,要我一年后雨季结束时交给你。"

老师坐在床上,手杖立在旁边。

"不知道写的什么,泠什么也没说。我一直挂在心上,终于交给了你,舒了口气。"

我仔细端详信封,收进夹克口袋。

"谢谢您了,劳您保管那么久。"

"是啊,多少有点儿担心,心想要是没等递交我就死了可怎么办。"

"哪里会……"

"不不。反正这回我的任务完成了。"

"怎么回事呢？为什么非现在不可呢？"

"那眼神好像预见到了什么，想必认为你现在看再好不过。"

"是啊。"

不久，告辞时间到了，我们站起身。

"还来的。"

"呃，能见到你们真高兴。如果还能来，明天就有盼头了。"

"明白，明白你的心情。"

我又说了一次明白，双手在胸前摆了摆。

"那么再见。"

"就不送了，抱歉。"

"告辞。"

我们后退着离开老师床前，退到房中间，转身向门口走去。走出房间时，回头一看，老师仍目不转睛地看着我们。

"拜拜！"

佑司这么一说，老师缓缓挥动颤抖的手。

"巧君。"她这样称呼我。

"巧君,还好吗?身体不要紧的?"

回来的电车中,我背靠门旁扶手,开始看泠的信。佑司数着在铁路旁边的公路上跑的汽车。

    巧君,还好吗?

    身体不要紧的?

    三天后就要住院了,就想趁着还能自由行动的时候写这封信。

    现在你去上班,一小时后佑司从幼儿园回来。写完了,打算在去买晚饭用料回来路上把信托付给Nombre老师。

    请他在一年后雨季结束的时候交给你。

    我知道,那时我已不在你身边了。

    我的幽灵又回"Archive星"去了?

    吃了一惊?

    你大概不知道我有预知能力吧?

    骗你。

    开玩笑。

    一本正经的优等生的我也开玩笑的。

而往下写的是真事。

或者你对这真事更加吃惊也未可知。但这的的确确实有其事,是我身上发生的真事。

为了让你全面了解,我必须从二十岁时的我们开始写起。

可以么?

耐心看下去。

先说你那封信。

想来,那也是你来的最后一封信。

你用黑圆珠笔写的字告诉我:由于"迫不得已"的缘由再不能写信了,再见。

仅仅三行。

难道我们的交往就这么结束了?

所谓迫不得已的缘由,是什么缘由呢?

这封短信我不知看了多少遍,每遍都看得我直哭。

那样的我所能做到的,只是不断给你写信。我把涌到嘴边的问话咽了回去,装作没意识到你拒绝的样子,写一些不咸不淡的日常话题给你寄去。

简直像是向遥远的星星发出呼唤那样地孤独作业。

这么写,你肯定以在哪里梦见什么的笑脸说:"是那样的吗?"而我在你的笑脸的感染下也忍俊不禁。

这么着，我实在忍受不住那种孤苦了，那天终于跑去你打工的地方找你。

对于我，那需要最大限度的勇气。

在那里我听得的是什么呢？

但愿还能相见，你说，而往下你说的是"对方的婚礼上"。

记得？

我觉得自己脚下的一切都土崩瓦解了。

你以为这句冷言冷语就可以使我离开你，对吧？

可你错了。

我这人要比你想的固执，一条路跑到黑。一旦喜欢上的人是不会轻易忘掉或厌弃的。上天让我生下来只有一次恋爱。因此，我只能想着你度过以后的日日夜夜。

必然事出有因。

这个念头维系着一线希望。

此后流逝了一年时间。不久，那"命中注定的一天"到来了。

那是六月里的一个雨天。

我骑自行车下班回来，在家附近的县道上被汽车挑了。不是什么了不得的事故。自行车倒了，我倒了，没发现外伤。

让我有条不紊写那前后我的意识是有困难的。所以，往下我回想起什么就写什么。

结果，下一场面是这样的：

意识到时，我已蹲在雨中的工厂旧址上。

你能理解吗？

那是我一直瞒着你的秘密。

二十一岁那年夏天我被车挑翻了，跳到了八年后的世界。

Jump①。

那是我的拿手好戏。

但毕竟跳得太远了。

以现在看信的你看来，倒不过是刚刚过去的事情，大概。

那时我所以一直诉说头痛，就是因为被车挑翻时撞了头的关系。事后检查，医生说脑袋里有一小块内出血。有时我认为记忆全部消失也是那个原因。

---

① 跳、跳跃。

但我也这么考虑来着：

人的心灵很难忍受对时间的超越，恐怕是要通过一时性记忆丧失来保持精神正常的。因为，假如有记忆，我就要全然不知所措。

而且，重新返回原来的世界时，我也失去了记忆，失去了同你和佑司一同生活六个星期的记忆。

所有记忆失而复得，是在那两个月以后。

或者，假如当时的跳跃是创造我们所在世界的"某人"的恶作剧导致的，那么，失去记忆也可能是由于"某人"的一点点关照。

现在这么回想那时的事写信时间里，我也还是不由得感觉到有力图操控人的命运的"意志"的存在。因为那六个星期改变了我后来的人生。

那时，二十一岁的我朝着那个场所"跳跃"绝非偶然。想必是因为"某人"可怜我——可怜一年时间里一直想知道你说那句话的缘由的我而伸出了援助之手。

我至今仍那么想。

话说回来，我见到的你们真够狼狈的了。

房间乱七八糟，脏兮兮的，你和佑司就在那样的房间生活，穿着沾有汤汁菜痕的衣服，头发乱蓬蓬的。佑司攒了一年的耳垢。

想到你们以后的情形，我不禁忧心忡忡。

不过不要紧的。你们肯定重新振作起来。即使我不在，你俩也一定互相帮助，好好活下去的。

我相信。

你那时的发作给了我极大打击。如今倒是习惯了，但那时是第一次。已经告诉你不要吃退烧药，可你忘个精光。历史不能改变——莫非是那个诺言造成的？

关于眼镜度数的不合，以及我没有做爱经验，这个自白想必也使你知道什么原因了。

不过事情也够奇怪的了。

二十一岁的我第一次被二十九岁的你抱在怀中，不再是处女了。在那两个月后，我又给你抱了一次。

你大概以为我们都是初次，但实际不是那样。

所以么，当时我们才那么顺畅地合为一体。

你是怎么想的呢？

多少受伤害了？

我倒认为这才是理想的形式。也许你说实际想得太多了。

六个星期转眼过去。

我非常幸福。

和你恋爱，听你讲美好的爱情故事，而主人公就是自己，我为此感到欣喜。

佑司也见到了。

我的乖儿子。

英格兰王子。

上小学时的佑司比现在的他好像多少强壮一些了。

一天比一天长大。

肯定长成一个了不起的大人。

让人充满期待。

此外我知道了一个事实。

知道我在你小说里的命运。

我在二十八岁离开了这个世界。

现在位于这里的自己是幽灵。

那当然是你的误解，但此刻的我完全信以为真。

始终挥之不去的浮游感和虚拟感。你们明显不自然的举动。还有，外出时几次感觉到的惊讶的视线。啊，那全都因为我是幽灵。

我那样坚信不疑。

正因为这样，分别时我是那么难过——我真心认为我将去"Archive星"。离开你们是寂寞的，也害怕从这个世界消失。

佑司哭着诉说的话语也难以忘怀。

想到那孩子以后不得不怀抱那样的痛楚,我不由一阵心痛。等他再大些的时候,希望你告诉他,告诉他我是怎么想的,告诉他我写在这封信上的情思。但愿他能够因此而一往无前地生活下去。

继续下文。

在那里和你们分别之后,我又回到自己所在的年代。

觉察到时,我已躺在医院病床上。那次事故才过去几个小时。仿佛八年后我又一下子跳了回来。我不在的时间想必不过是一秒的几分之一。

造成事故的那个司机也好像丝毫不觉得有什么不自然。

我失去了所有记忆。

和你们度过的六个星期的记忆也到底没有了。不知道自己是谁,日复一日只是呆呆打量天花板消磨时间。

起初我这样想来着:那些日子的记忆一定是自己在脑海中擅自制造的幻影。

可那是多么精彩的幻影啊!

和你们在一起的那六个星期让我心醉神迷。

和你的接吻。

林中散步。

我的孩子是一个英俊的男孩儿。

两人拥抱时感觉的心跳。

感觉最强烈的,是那一个个记忆是那么真实,那般强有力地拨动我的心弦。

那欢欣是真的吗?

分别的不安,悲伤,你说"想使你幸福"时凄然的眸子。

我一遍又一遍在心中反刍那些日夜,如此时间里,我开始认为那是真事,八年后我又跳了回来。所以,出院身体恢复之后,我第一个电话是往你家打的。

那时,你母亲这样对我说道:

"巧外出旅行了。"

一如你告诉我的那样。

这句话使得我心中的情思变成了确信,我请你母亲转告:

"有话想说,请打电话。随时等待。"

之后我就一直守在电话机旁等着。

心想,你肯定来电话,我们肯定在湖边小城重逢。

电话铃响了。

只响一次我就拿起听筒。

虽然什么也没听见,但我知道你在另一头。

所以我毫不犹豫地问:

"秋穗君?"

当时你的语声透出不安。

于是我这样说道:

"不要紧、不要紧的!"

在那湖边小城,我也在天桥下向你说"不要紧"。

知道你是因了这句话而下决心同我结婚的。

后来听你讲起时我答说不记得了,但那是说谎,其实完全记得。

因为,正是那句话传达了我向你求婚的心曲。

那以后的日子,同很多人的重逢等待着我。

和 Nombre 老师也得以再次相见。八年后老师看上去没多大变化,维尼还那么生机勃勃。相逢还让我知道了它的真名叫"亚雷克斯"。

佑司出生,光阴稳稳流逝。

到了这时,那六个星期已相去很远了。

记忆朦胧起来,莫非那果真是我看到的幻影吗?是的，有时我是那么想的。而当其一幕一幕同眼前的现实一致的时候，我又认为那大约类似一种既视感。

说不定，我会跨过二十八岁的壁障，活到其前面。

我不让你知道，悄然喝下了改变体质的中药。

尽管如此——

那一刻还是到来了。

看来明日已命中注定，是无法从中逃脱的。

我一直瞒着你的原因，我想你一定理解了。

我不希望你知晓苦涩的未来，我要像普通夫妻那样相信未来，面带微笑生活下去。

而且我还这样想来着：假如这是我自己讲给自己听的幸福日夜故事使得我决心打那天的电话的，你会怎么想呢？

会怎么样呢？

你有可能让来自八年前的世界的我打消同你结婚的念头，很可能编造谎话给我听，设法让返回原来世界的我从你身边远离。毕竟，在湖畔重逢七年之后，在写这封信的三个星期之后我将离开这个星球，是吧？

无论你嘴上怎么否认，你心里恐怕都认为我的人生至此完结的原因在于我们的结婚。或者你拒绝要小孩儿也未可知。

嗯，是这样的吧？

不过，想到这点，我的脑袋乱糟糟一团，搞不清怎么回事。毕竟，假如你说谎，而我放弃同你结婚的打算，就没有此刻写这封信的我了。然而，我确确实实和你结了婚，得到了佑司。那么，今晚让下班回来的你看见这封信，我们会怎么样呢？

那一瞬间，在这里的我们就杳无踪影不成？

或者，我们各奔东西，这个世界上没有佑司出生？

非常不可思议，以我的脑袋根本不可能得出结论。

所以，还是默默离去。

我无法忍受不能和你在一起。

无法忍受不能见到佑司的人生。

假如那时我不去湖边小城，又会怎么样呢？

这样的猜想出现了不止一回。

那天在去湖边的电车中我这样想来着：

如果我在哪个车站直接返回，不去见你，那么我的人生将如何度过呢？

和不是你的另一个人结婚？

和那个人白头偕老？

或者有安稳平静并相应幸福的岁月等待自己也不一定。

只是，当成为老太婆的时候我会这样想：

难道这就是我选择的人生？

不惜放弃宝贝东西而换得的就是这个人生？

在二十一岁的雨季我看见了未来：

因没有我而显得孤苦伶仃的孩子般的丈夫。

我的英格兰王子。

本应同他们一起欢度的时光永远失去了。

我必然后悔。

这我知道。

我同你们相遇了。

我不能怀抱这样的追忆度过另一种人生。

和你结婚，让佑司出生。

和你一起把我的宝贝儿子接来这个世界。

然后，怀着幸福日夜的记忆，微笑着离去。

我这么下定决心，中途没有下车，朝你那里奔去。

心情上很想继续活下去。

想到此后自己身上发生的事情，也有时怕得不知如何是好。

不能目睹佑司长成出色的男孩，这让我遗憾得不得了。

但这是我自己选择的人生。

所以……

啊，到时间了，你和佑司就要回来了。

得去迎接了。然后买东西准备你们的晚饭。今晚是佑司最喜欢的咖喱饭。

能为你们做饭的时间也只剩一点点了。本想为你们做很多更好吃的东西。

对不起。

我做不到了。

好了，就写到这里吧。

对你的思念无论怎么写也没办法写完。

和你度过的十四年时间实在开心得很。虽然没能去哪里旅行，没能从高楼上一起观看夜景，但只要在你身边我就感到幸福。

我先你一步去"Archive 星"。

迟早会在那里相见的。

我在自己身边为你留好位置。

那么，多多注意身体。

佑司拜托你了。

实在谢谢了！

爱你！

真心地。

再见！

泠

信封里还有一页纸是从日记本里撕下来的，日期为八月十五日。

到时间了。

得走了。

在湖边小镇，那个人在等我，

带给我美好的未来。

等着我，我的宝贝儿子。

现在去相见。

尾声

今天我们也朝树林走去。
骑自行车的佑司的衬衫一晃一晃泛着白光。
头发理得整整齐齐,轻快地迎风飘动。

跟你说,我俩正在努力,
努力一步步达到你的期望。
一步步,
一点点。
波科、波科。

你留下的生命正茁壮成长,并且思恋着你。
我要在小说最后一章中作为插曲写进去。

我俩在树林中缓慢骑了四十分钟。
我穿着褪色的短裤和写有"KSC"的T恤。

佑司骑儿童自行车跟在后面。

完全跟得上,他像天生的自行车手一样自由自在地骑着。

穿过树林,来到工厂旧址。

他在那里捡螺栓螺帽和螺旋弹簧。

我在离开他的地方躬身坐下,迷迷糊糊打瞌睡。

可我知道。

知道佑司裤袋悄悄揣着一封信——写给去了"Archive星"的你的信。

字很拙劣(像我,遗憾),收信人写的是"'Archive星'秋穗泠"。

背面写的是"秋穗佑司"。

他把信轻轻投进五号门支柱弯曲的信箱里(大概错当成邮筒了)。

不知为什么,他不让我知道。因此,在他埋头捡螺栓的时间里,我也注意不使他察觉,悄悄把信收了回来。

我没有开封看里面的内容,只是收回放进那个鞋盒。

下次去时,佑司确认信箱里已没了那封信,微微点头(我佯装瞌睡,但完全看在眼里)。

佑司便是这样向去了"Archive星"的你诉说什么。

下雨的周末，佑司格外想去工厂旧址那里。那样的日子只好撑伞走路去。

我在残留的工厂台基上铺一块塑料布坐下。佑司装出捡螺栓的样子一步步朝五号门那里靠近。

然后低声呼唤：

妈妈？

佑司相信，相信你总有一天穿过五号门，回到我们身边。

而且一定在雨天。

英格兰王子手撑黄色雨伞，今天也在向你呼唤：

妈妈？

妈妈？

妈妈？